I0664455

NOTICE HISTORIQUE

SUR LES

ARMOIRIES, SCELS ET BANNIÈRES

DE LA VILLE DE CASSEL

ET DE SA CHATELLENIE

LK⁷ 1668

Chatellenie de Cassel.

BLASONS, SCELS ET BANNIÈRES DE CASSEL

NOTICE HISTORIQUE

SUR LES

ARMOIRIES, SCELS ET BANNIÈRES

DE LA VILLE DE CASSEL

DE SES SEIGNEURS ET DAMES

de sa Noble Cour, de sa Châtellenie, de ses Justices secondaires
et de ses Institutions religieuses

PAR

Le Dr P.-J.-E. DE SMYTTERE

Médecin en chef de l'Asile d'aliénées de Lille , ancien professeur d'Histoire naturelle ,
Membre de la Commission historique du Nord,
du Comité flamand de France et d'autres Sociétés savantes, nationales et étrangères.

Colligete fragmenta ne pereant.

LILLE

IMPRIMERIE DE LEFEBVRE-DUCROCQ

Place du Théâtre , 36.

1862

Extrait des ANNALES du *Comite flamand de France*, tome VI

NOTICE HISTORIQUE

sur les

ARMOIRIES, SCELS ET BANNIÈRES

DE LA VILLE DE CASSEL

de sa Cour, de sa Châtellenie et de ses Seigneuries

———

Colligete fragmenta ne pereant.

L'impulsion donnée, depuis quelques années surtout, aux études archéologiques et historiques, en diverses parties de la France, et particulièrement dans nos antiques contrées du Nord, impose de nouveaux devoirs. Il est devenu évident que ce n'est que par des recherches approfondies sur l'histoire de chaque localité, que l'on pourra heureusement arriver à des résultats de détail d'un haut intérêt, que les histoires généralisées ne peuvent faire obtenir toujours.

Nous avons donc senti qu'il fallait encore marcher en avant dans nos études, malgré les difficultés, l'aridité des recherches et la rareté des matériaux; qu'il fallait de plus en plus fouiller le passé, surtout dans les archives, déjà si dispersées en différents endroits, pour ne pas dire disparues en grande partie par l'incurie de mains profanes ou indifférentes! Il est urgent de recueillir et de consulter ce qui en reste, de crainte de nouvelles dévastations et de pertes irréparables.

Pour ce qui regarde les armoiries et les sceaux de Cassel en particulier, soit de ses seigneurs, soit de son échevinage et de sa communauté, soit de sa juridiction autrefois fort étendue, nous avons pensé qu'il fallait les examiner, même frustes, dans leurs moindres débris, et quoique étant détachés de leurs chartes, diplômes, ou lettres-patentes.D'ailleurs, il serait souvent difficile de les trouver autrement; car les originaux de ces écrits, en d'autres temps si précieux pour Cassel, sont aujourd'hui la plupart détruits ou mutilés; le hasard seul en fait, à de rares moments, trouver quelques traces authentiques, et l'on doit avouer que ces débris valent toujours mieux, du reste, que les copies reproduites par des auteurs plus ou moins vrais ou exacts.

Dans cet opuscule, détaché d'autres travaux sur Cassel, notre intention est seulement de faire l'énumération des diverses variétés de sceaux et armoiries concernant cette localité; ce sont autant de jalons historiques pour l'étude de notre ville, autrefois renommée et puissante. Nous les communiquons, par les ANNALES *du Comité*, aux hommes d'étude, nos chers collaborateurs en attendant l'achèvement d'autres recherches sur le pays natal, sur les seigneurs et dames de Cassel et sur ses gouverneurs, dont nous donnons dans le présent travail les armoiries et un sommaire d'histoire d'après leur ordre chronologique [1].

Nous divisons cette *Notice* en paragraphes, de la manière suivante :

1 Planche frontispice, fig. 1, 2, 2 bis, 3, 4 et 4 bis. — Pl. I, fig. 1. — Pl. VII en totalité, et pl. VIII, fig. 1, 2, 3, 4, 5 et 6. (Ordre de succession.) —Les planches qui accompagnent cette Notice sont dues au talent de M. A. Bercker. Nous sommes heureux de témoigner ici à notre obligeant collègue tous nos remerchments pour ses bons soins.

Pl. I.

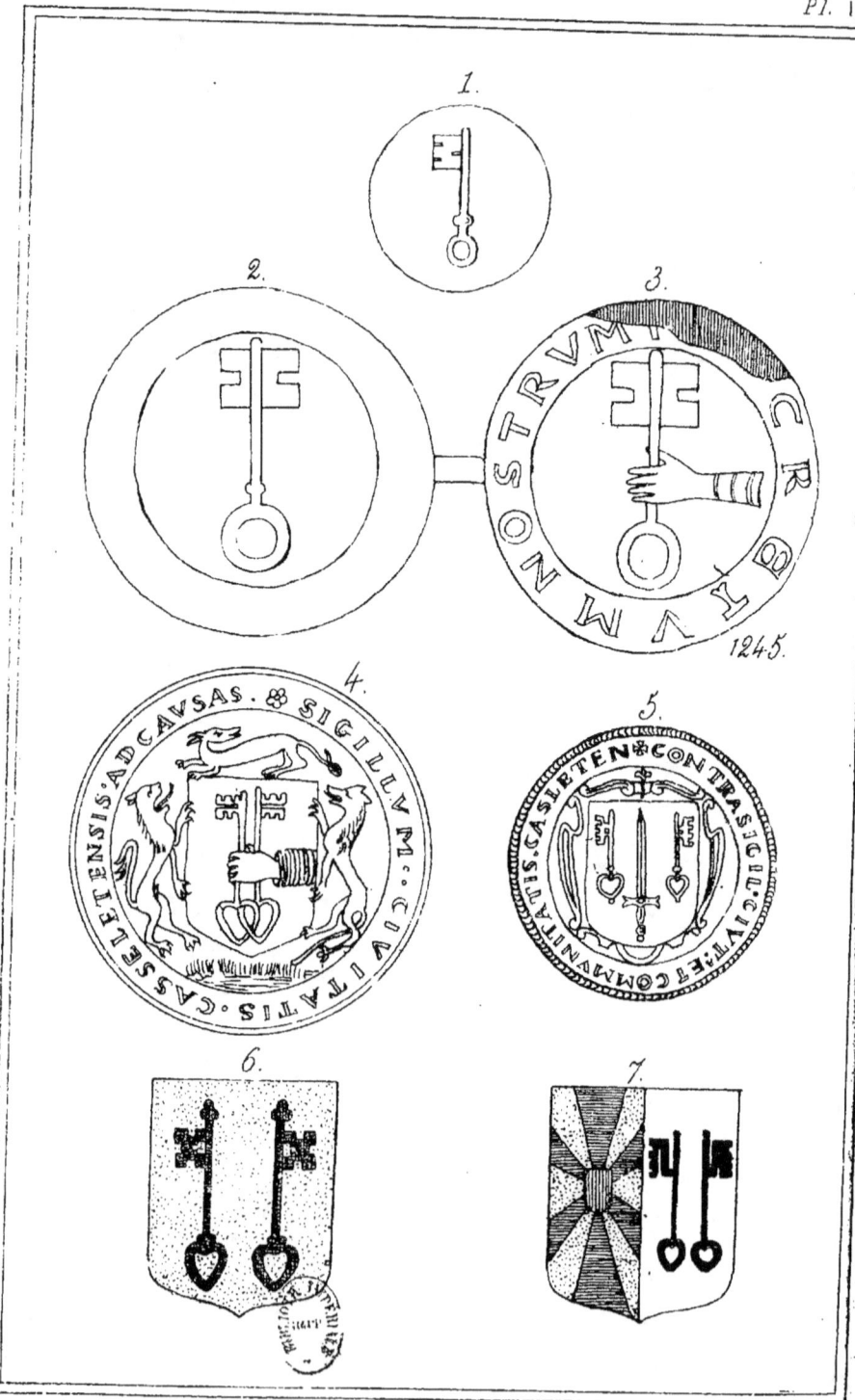

1.

2.

3.

STRVM CR BVM

1245.

4.

SIGILLVM · CIVITATIS · CASSELETENSIS · AD · CAVSAS ·

5.

CASLETEN CONTRASIGIL CIV ET COMMVNITATIS

6.

7.

SCELS ET CONTRE SCELS DE CASSEL

1º Bannière de Cassel au Lion.

2º Premières armoiries de Cassel.

3º Très anciennes monnaies frappées à Cassel.

4º Scels de Cassel et de sa Cour, moins anciens.

5º Armoiries et scels des Justices et Vierschaeres dépendantes autrefois de Cassel.

6º Seigneuries et paroisses du ressort de la châtellenie de Cassel, et leurs blasons.

7º Armoiries et scels des seigneurs de Cassel et de ses souverains, etc.

8º Sceaux des chapitres et des congrégations religieuses de la ville de Cassel.

I. BANNIÈRE DE CASSEL AU LION.

Les blasons des seigneurs de Cassel ont toujours été distincts de ceux qui étaient employés par les administrations spéciales de cette ville, soit de son *échevinage* et de sa *commune*, soit des *juridictions secondaires* dépendant de sa vaste *châtellenie*, soit enfin de sa *noble cour*, qui y a siégé, sous des formes différentes, près de six siècles, c'est-à-dire depuis *Jeanne de Constantinople* [1], qui acquit le territoire de Cassel, par échange, de *Michel de Harnes* [2], jusque vers la fin du règne de Louis XVI. Avant 1218, époque de l'acquisition de Cassel par Jeanne, la juridiction était simplement seigneuriale et confiée aux châtelains et seigneurs de Cassel, les *Beth,* par exemple, au XIᵉ siècle [3]; puis les *de*

---

[1] Pl. frontisp., fig. 3. (Contre-scel de l'acte.)

[2] Pl. id., fig. 2 (Contre-scel idem. Le scel de cet acte est en tête de la planche 1).

[3] Blason des *Bette* ou *Beth*, pl. frontisp., fig. 1. *Armes : d'azur, potencées d'or.* (Voir au § VII.)

Harnes et *Boulers*[1], leurs successeurs au XIIᵉ siècle[2], nous en parlons plus loin.

La rédaction d'un mémoire sur la *bannière au Lion de Cassel*, lu à la commission historique du Nord, lors de ses dernières séances (1861), nous a mis dans le cas de rechercher plus spécialement la nature des blasons et sceaux concernant Cassel et ses environs, et d'étudier les modifications qu'ils ont subies à diverses époques.

Ce mémoire a eu en partie pour but de réfuter certaine assertion, concernant la *bannière de Cassel*, avancée dans un ouvrage récent sur les sires de Harnes, qui furent seigneurs de Cassel, pendant environ cent cinquante ans ; c'est-à-dire depuis le comte Robert-le-Frison, fin du XIᵉ siècle jusque dans le XIIIᵉ siècle. Dans ce travail, remarquable par son érudition, M. Demarquette, avocat à la cour de Douai, a placé une figure représentant une bannière avec blason au Lion de Flandre, à bordure, copiée avec inexactitude, au XVIIᵉ siècle, dans de Lespinoy et il l'a désignée comme *bannière de Cassel*, ayant dû exister déjà, selon lui, dès le temps des de Harnes, sires de Cassel. Nous avons démontré par nos recherches, que cette bannière (pl. frontispice, fig. 4 bis) ne pouvait avoir appartenu alors ni à Cassel, ni aux de Harnes[3], mais seule-

1 Les *Harnes-Boulers*, pl. frontisp., fig. 2 et 2 bis, et pl. I, fig. 1 et 1 bis : *D'argent, à écusson central de gueules.*

2 Outre les seigneurs de Cassel, il y eut, pendant quelque temps, des *châtelains spéciaux*. Entre nombreuses preuves, nous en citerons une assez curieuse : c'est un fragment d'une plaque de plomb trouvé récemment dans un tombeau très ancien sur la terrasse du château-fort de Cassel. Il y avait dessus l'inscription suivante : *N...? Casletensis, Castellanus Casleti Castelli.*

3 *Le Lion porte-bannière de Cassel*, de l'ouvrage de M. Demarquette, est

ment à ses seigneurs, à partir du XIVᵉ siècle, en commen-
çant par *Robert de Cassel*, fils cadet du comte de Flandre,
Robert de Béthune. En effet, le *Lion de Flandre* lui-même
n'apparaît qu'à partir de *Thierry d'Alsace* et de son fils
Philippe, vers 1157 ; avant ces comtes, on le sait, les
armoiries de Flandre étaient *gironnées d'or et d'azur;* donc
la bannière de Cassel au Lion qui ne fût qu'un diminutif
du *blason d'or au Lion de sable*, n'a pu exister avant le
milieu du XIIᵉ siècle; ce blason n'a jamais été celui des de
Harnes à cette époque et surtout tel qu'il est représenté dans
le précis historique sur leur maison.

La bannière au *Lion*, dite de *Cassel*, n'a été à ses seigneurs [1] que bien postérieurement. Elle dériva du blason de
la *branche cadette de Flandre*[2], qui date du commencement
du XIVᵉ siècle, c'est-à-dire à partir du moment où ce

debout au lieu d'être assis; et puis, autre erreur du dessinateur, (ce qui est
plus important à faire remarquer), la brisure de la bordure de cette bannière, à l'inverse de de Lespinoy, est *engrélée à bandes de sable et de gueules*,
au lieu d'être *componée d'argent et de gueules*, comme au XIVᵉ siècle. Faisons
aussi observer qu'à la suite de la légende du blason, qui confirme les émaux
fautifs de la bordure, il est marqué : *Cri de Harnis*. Tout ceci n'a jamais
existé, sinon à une planche d'arbre généalogique accompagnant un mémoire
judiciaire (Bibliothèque de Lille, *Mémoires*, t. I, B. C. 4 *num.* Q 6, t. I),
datant déjà d'un peu plus d'un siècle, fait pour *Messire de la Planche de
Mortières*, seigneur de Zuytpeene, par alliance, contre *Messieurs de la Cour
de Cassel*, et dans lequel la fraude a été évidemment commise, ainsi que
nous l'avons prouvé dans notre mémoire cité, qui sera imprimé bientôt.

1 « Les seigneurs de la châtellenie de Cassel, dit de Lespinoy, après avoir
» énuméré ces seigneurs, issus de Robert de ce nom, portaient la ban-
» nière de la dicte terre, *armoyée d'or, au Lion rampant de sable, lam-
» passé et armé de gueules, à la bordure édentée et componnée d'argent et
» de gueules.* » (Ph. de Lespinoy, *Recherches des antiquités et noblesse
de Flandre*, page 133.)

2 Planche frontispice, fig. 4 et 4 bis, d'après de Lespinoy.

territoire échut en partage *à Robert, dit de Cassel* en 1320. Cette bannière fut ensuite à Jeanne de Bretagne, sa femme, devenue veuve et tutrice, puis à leur fille, Yolent, comtesse de Bar,[1] dès 1340, et au duc de Bar, Robert, son fils,[2] époux de Marie de France, qui hérita, en 1396, de ce domaine comprenant la partie la plus occidentale de la Flandre, dont Cassel était le centre principal.

Ces armoiries spéciales de la bannière de Cassel, n'ont pu être portées que par les chevaliers-bannerets, ou servir de bannière à la milice de ce territoire qui suivit ses seigneurs, Robert entre autres, dans divers combats, et particulièrement à la célèbre bataille du val de Cassel de 1328, gagnée sur les Flamands par le roi de France, Philippe de Valois, qui était venu en aide au comte Louis de Nevers.

C'est par conséquent ailleurs que dans un dérivé du blason secondaire de Flandre, qu'il faut chercher les premières armoiries proprement dites de la ville, de l'échevinage et de la châtellenie de Cassel.

II. Premières armoiries de Cassel.

L'on sait que Cassel (*Castellum* ou *Castelletum*, puis

---

1 Voir leurs scels et contre-scels à la planche VII.

Ils y sont comme suit :

1º Scel de *Robert de Flandre*, sire de Cassel. 1320.

2º Son contre-scel, dont il y a des variantes.

3º Contre-scel du sceau de *Jeanne de Bretagne*, femme de *Robert.* — *Flandre-Cassel et Bretaigne-Dreux.*

4º L'un des sceaux d'*Yolent*, dame de Cassel, de 1385, et alors veuve du comte de Bar, Henri IV, et de son deuxième mari.

5º Son contre-scel qui a varié selon les époques.

6º Scel d'Yolent, devenue femme de *Philippe de Navarre.*

7º Signature d'Yolent de 1380.

2 Voir le blason de ce seigneur de Cassel et de sa femme, à la pl. VIII, fig. 1 et 2.

Casletum) était un centre stratégique important à l'époque où les Romains occupaient les territoires de la *Gallia Belgica secunda*, et particulièrement des *Pagus* Morin et Ménapien.

Cassel fut plus tard, en quelque sorte, la clef de la Flandre occidentale ; il était donc bien naturel de donner à ce lieu fortifié des clefs comme armes parlantes[1]. En effet, ce furent là les pièces principales de son blason primitif au moyen âge : d'abord *une seule clef de sable*, puis *deux* de même, *en pal*.

Cette clef héraldique était à *panneton*, soit *simple*[2], soit *double*[3]; mais, plus tard, Cassel eût pour armes *deux clefs de sable* distinctes[4]. A une époque moins reculée de nous, une *épée en pal*, aussi de *sable*, fut jointe à celles-ci et placée au milieu de l'écusson d'or entre les clefs susdites[5]. Tel est aussi le blason de Cassel du temps des Espagnols [6] et celui que cette ville a possédé depuis la révolution française [7]. Mais ce dernier scel de la mairie a été exécuté inexactement : ainsi le blason y est surmonté d'une couronne murale [8] et il porte d'azur. Les clefs semblent y être d'argent, comme l'épée : tout ceci reste à rectifier.

Les armoiries de la ville de Cassel blasonnée *d'or aux clefs et à l'épée de sable*, figurent pendant les derniers siècles, même aux portes du *château de sable* [9], *flanqué de tours*

1 Il y avait aussi alors des clefs aux armes de Watene, de Commines, etc.

2 Planche I, fig. 1 et pl. II, fig. 2.

3 Pl. I, fig. 2 et 3 et pl. II, fig. 2 bis.

4 Pl. I, fig. 4.

5 Pl. I, fig. 5 et pl. V, fig. 1 et 2.

6 Pl. V, fig. 1 et 2.

7 Pl. V, fig. 4.

8 Notons que la *couronne murale crenelée*, y est déplacée pour l'époque actuelle, car Cassel, démantelé, est compté depuis longtemps parmi les *villes ouvertes* qui n'ont pas droit à cette distinction héraldique.

9 Pl. V, fig. 5.

pavillonnées et crenelées, château à double enceinte qui était alors aussi, avec le blason susdit, l'emblême distinctif de sa cour ou de sa vaste juridiction dite *châtellenie*.

C'est à cause de ces *clefs et de l'épée* qui les accompagne sur les armes de Cassel, que fût fait autrefois le distique suivant :

En claves quibus offirmes hæc Flandrica tempe;
Si malus irrumpat, dejicere ense potes.

L'époque de l'origine des armoiries de Cassel dans leur plus simple expression, c'est-à-dire avec clef unique, ne peut être bien fixée. Ce blason ainsi constitué date-t-il du XIe siècle? Existait-il avant la célèbre bataille gagnée au bas du Mont-Cassel, en 1071, par *Robert le Frison?* cela peut être supposé sous certains rapports, mais nullement affirmé. Quoiqu'il en soit, l'on peut dire, avec preuves, que déjà au commencement du XIIIe siècle, Cassel avait, pour armes, une *clef simple* ou bien une clef à *double panneton*. Le scel d'un acte de 1237 le présente ainsi. C'est une charte conservée aux archives de l'empire [1] et datée du mois de janvier, par laquelle, selon le sommaire de son contenu qui a été analysé par M. Lallemand, « les échevins et la commune de Cassel promettent » à St-Louis et à la reine Blanche d'embrasser leur parti en » cas où le comte de Flandre, *Thomas de Savoie*, (deuxième » mari de Jeanne), viendrait à rompre la paix faite avec le » roi. »

Le scel de cette charte (pl. II fig. 2), en cire jaune et appendu par double queue de parchemin, représente un château à tou-

---

1 Carton J. 535, p, 5², communication due à l'obligeance de M. Lallemand, conservateur aux Archives impériales.

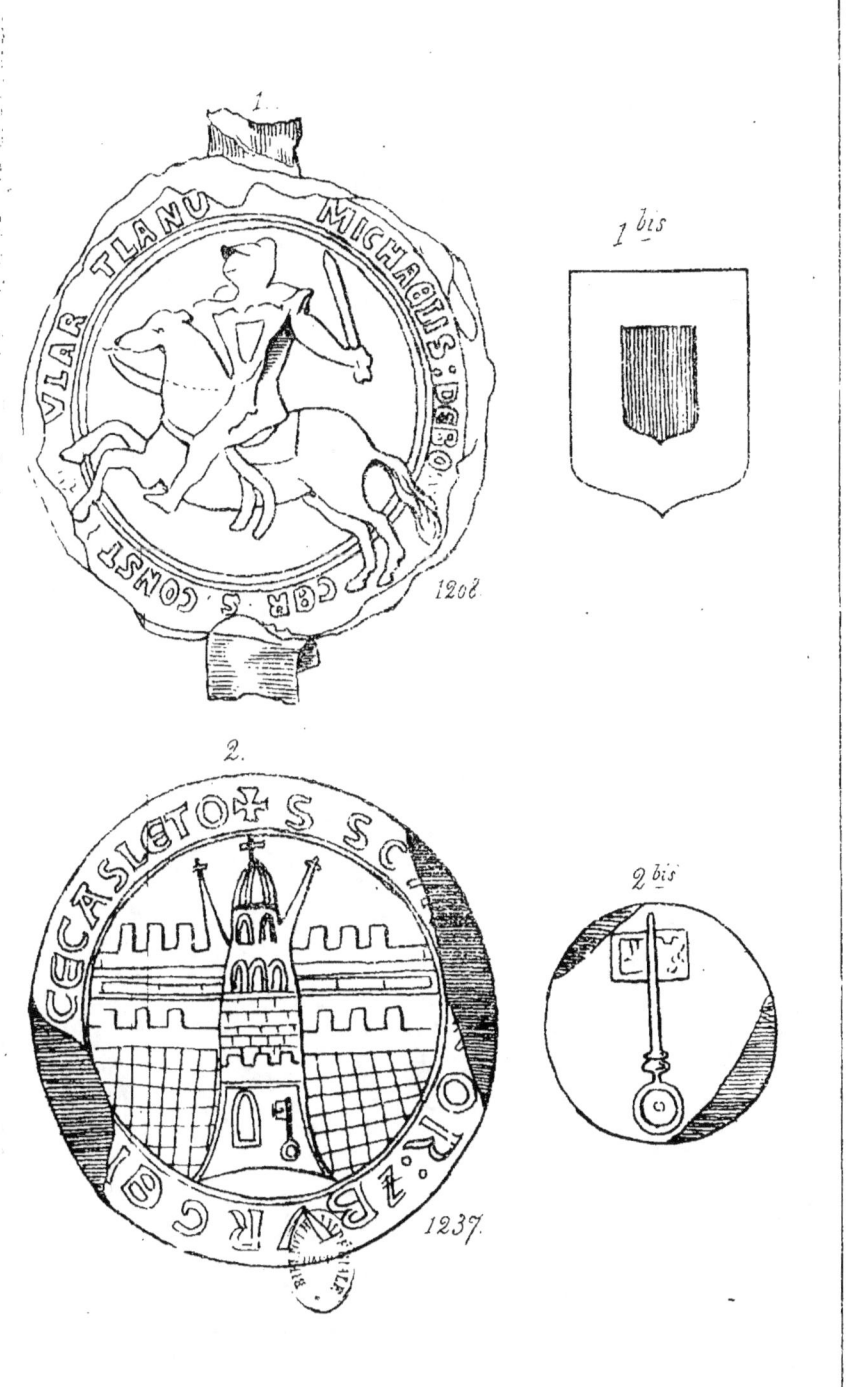

Pl. II.

SCELS — CASSEL

relles, ou donjon pavillonné et déjà à double enceinte crenelée. Au bas de cet emblême de château-fort, à côté de la porte d'entrée, qui est latérale et ouverte, est représentée une clef unique, à panneton simple, sans accompagnement d'épée.

M. J.-J. Carlier,[1] en parlant de ce sceau dans son travail sur les blasons de la Flandre maritime, ou la plus occidentale, dit que *deux clefs et une épée sont figurées à cette porte*, du sceau de 1237 ; mais cet estimable auteur n'avait pas bien vu, et nous nous sommes assurés ensemble, depuis, de l'erreur ; *une clef seule et simple* y existe réellement. Ce qui permet d'affirmer que les armoiries de Cassel à deux clefs distinctes n'existaient pas au XIIIᵉ siècle.

Le contre-scel de ce sceau est une *clef à double panneton*. (pl. I, fig. 2 bis.)

Le contre-scel d'une charte de l'échevinage de Cassel[2], datée du mois de mars 1245, est aussi avec clef unique et à double panneton ; elle y est portée par une main à avantbras que l'on pourrait supposer nu ; autour est écrit + *Secretum nostrum*[3].

Un autre contre-scel de la même époque est semblable à celui du sceau de 1237[4], sauf une bordure assez large et sans inscription ou légende[5].

Notons que le scel de l'acte précédent (1245), aussi en cire jaune et à double queue de parchemin, est avec tour simple, terminée en dôme et entourée d'une double enceinte crene-

1 ANNALES du Comité flamand de France, t. II, p. 273.
2 Carton J. 541, p. 2 ⁵, des Archives de l'Empire.
3 Pl. I, fig. 3.
4 Pl. II, fig. 2 bis.
5 Pl. I, fig. 2.

lée comme ci-dessus[1], mais elle est privée de porte et de la *clef héraldique*. Autour sont, comme au scel de 1237, dont le bord est un peu fruste, les mots suivants : † *S. Scabinorum et Burgensium de Casleto*[2].

La charte de 1245, dont le scel nous a été communiqué avec la même obligeance par M. Lallemand, appartient au carton J. 539, p. 13[12] des archives de l'empire.

Ce savant archiviste en a fait l'analyse comme il suit : « Les échevins et la communauté de Cassel s'engagent à « prendre pour seigneur, à la mort de la comtesse de » Flandre, *Marguerite*, celui que le roi désignera. »

Un scel des *échevins et de la communauté de Cassel*, de 1328, suspendu par fils de soie rouges et verts[3] est, pour ainsi dire, le même que celui de 1245, ainsi que celui d'un acte de 1279, charte d'époque intermédiaire conservée aux archives du Nord[4]. (Voir pl. III, fig. 2.)

1 La double muraille crenelée de cette tour ou donjon, est la représentation de la *double enceinte fortifiée de Cassel*, celle de son *chastel* ou *castel* (le *castellum* des Romains) et celle des remparts imposants des siècles reculés de cette ancienne place forte, dont il fût dit au XVIe siècle :

> *Montibus excelsis resides, per aperta viarum*
> *Inspice, ne propius latro cruentus eat.*

Buzelin (dans ses Annal.—Gall. Fland.) dit de ce château-fort:
« In montis supercilio *Casletum* eminebat ingenti populo et impervia munitione, quasi totius regionis specula et præsidium. »

2 Copies de ce scel et du précédent, le plus ancien connu, ont été données par nous à M. Verly, numismate à Lille, qui en a fait un nouveau moulage. C'est ainsi que le *Comité flamand de France* en possède des exemplaires que nous avions le projet de lui offrir nous-mêmes.

3 *Trés. de Numism.* et de *Glypt*, de A. Collas, 1834.

4 *Le scel de 1279*, est appendu à un parchemin de petite dimension; il est en cire brune, parfaitement conservé, pendant et à double queue de parchemin. Il est du dimanche après l'octave de Pâques (16 avril) et en

Pl. III.

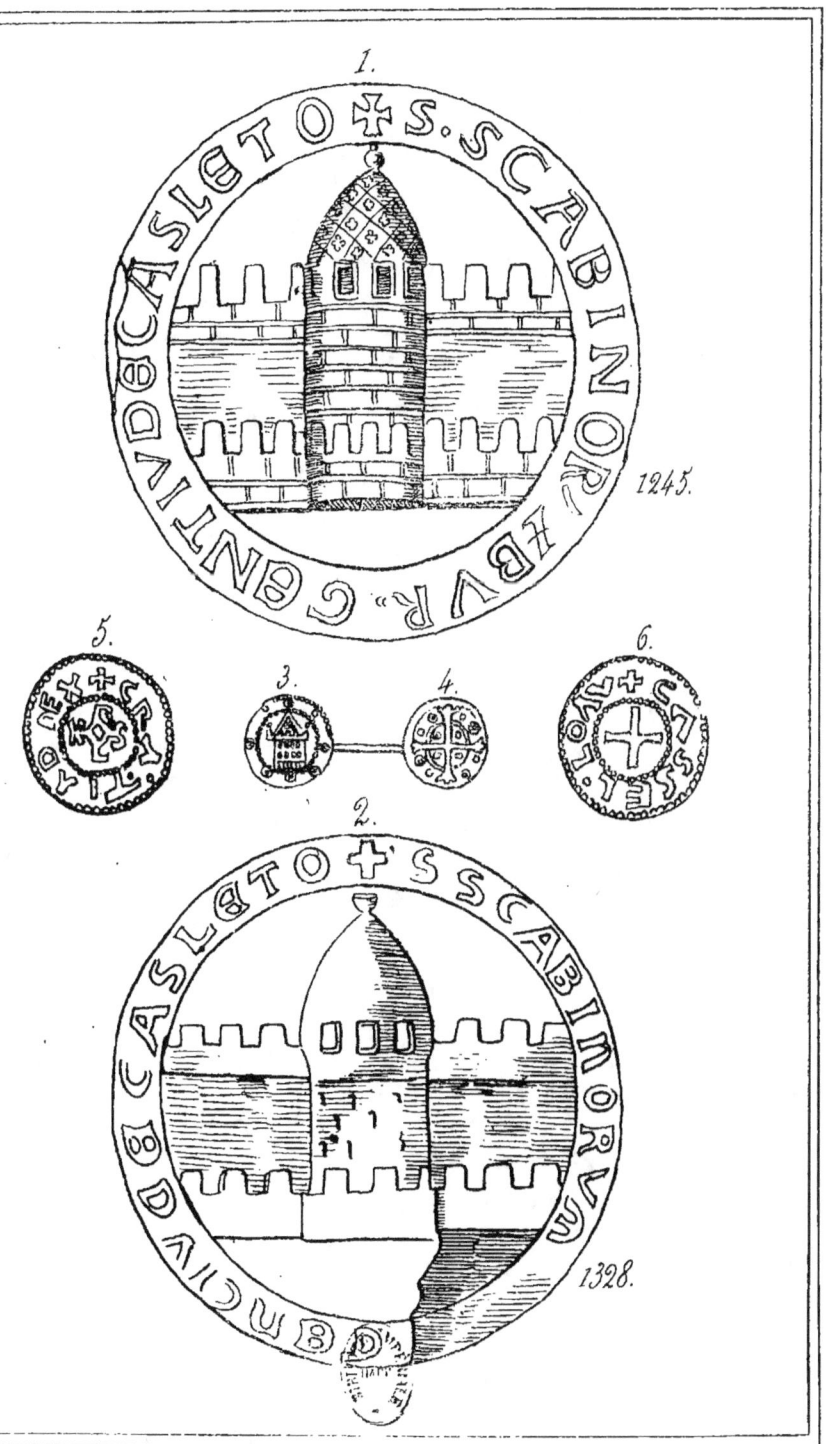

1.

+ S. SCABINOR EBVR CGNTIVDECASLETO

1245.

5.

3.

4.

6.

2.

+ S SCABINORVM BDAIVDECASLGTO

1328.

SCELS ET MONNAIES DE CASSEL

Les recherches concernant les sceaux à donjon nous amènent, avant d'aller plus loin, à parler un instant des monnaies frappées autrefois à Cassel, et dont quelques-unes ont des rapports avec les sceaux à château crénelé de Cassel.

III. ANCIENNES MONNAIES DE CASSEL.

M. J. Piot, dans un ouvrage imprimé en 1848, et intitulé: *De l'imitation des sceaux des communes sur les monnaies des provinces méridionales des Pays-Bas*, donne un exemple d'une monnaie, ou *maille*, en argent, d'un centimètre de diamètre, frappée à Cassel (comté de Flandre) au XIIIe siècle[1]. Il se base pour ce fait, sur certaines ressemblances entre le *donjon et la galerie crénelée* qui s'y trouvent sous la toiture, et les figures du sceau de Cassel[2] qui n'offre du reste de l'analogie avec les sceaux aux donjons d'aucune commune flamande; mais M. Piot semble hésiter.

Si cet auteur avait connu le premier des sceaux avec

français. Son sommaire, indiqué dans le volume 3 de l'*Inventaire des chartes* aux Archives de Lille, page 237, porte ce qui suit :

« Lettres par lesquelles les échevins et communauté de la ville de Cassel » déclarent que si le tonlieu de Cassel diminue pour la franche-foire que » *Gui*, comte de Flandre leur avait accordée chaque année, depuis le samedi » après Pentecôte jusqu'au mercredi suivant, ils promettent de l'en dédom- » mager. »

1 M. V. Gaillard, dans ses » Recherches sur les monnaies des comtes de Flandre » représente cette maille gravée, avec d'autres variétés de Cassel, à la planche VII, sous le numéro 62 ; elle y est décrite comme il suit :

« Un château à galerie, dans la bordure quatre annelets entremêlés de » quatre globules. Au revers, une croix aux extrémités ornées, cantonnée » de quatre globules à l'intérieur, de quatre annelets et de quatre globules » alternés dans la bordure »

2 Pl. III, fig. 1 et 2, la dernière figure prise aux belles planches du *Trésor de Numismatique*, in-f° par A. Collas.

donjon, que nous représentons à la planche II, figure 2 de cet opuscule, celui de 1237, il aurait été plus affirmatif, car des pavillons ou tourelles latérales s'y voient distinctement.

« La croix du revers de cette monnaie, large de dix millimètres, doit faire supposer, dit-il, que la maille appartient au temps et à l'administration de la comtesse *Jeanne de Flandre* (1206 à 1244). » Nous ajoutons que cela est d'autant plus probable, pour Cassel, que Jeanne de Constantinople acheta Cassel et son territoire en 1218; qu'elle eut une grande prédilection pour cette localité charmante et fortifiée, et qu'elle la fit prospérer singulièrement, surtout en y instituant une Cour, et en faisant jouir Cassel des prérogative des *bonnes villes*.

Il y eût donc, au XIII⁰ siècle, un atelier monétaire en ce chef-lieu de la Flandre la plus occidentale, faisant partie du canton de l'Isère (*Isereticus pagus*), et la comtesse Jeanne, qui en était alors la dame souveraine, a pu adopter un type et des symboles particuliers pour les monnaies qu'elle y faisait battre, comme cela se pratiquait ailleurs.

Le rapport qu'il y a entre la figure du denier ou maille, attribué à Cassel, et les donjons des sceaux primitifs de l'échevinage de cette ville peut aussi s'expliquer par la tendance qu'avaient généralement les seigneurs de cette époque à imiter les sceaux des communes dans lesquelles ils faisaient battre monnaie.

Il ne peut exister aucun doute à l'égard de l'authenticité de la maille, (représentée pl. III, fig. 3 et 4) pour Cassel, au XIII⁰ siècle, et il reste non moins prouvé que l'on battait monnaie dans cette localité à diverses autres époques. Cassel était au nombre des monnoyeries de la période carlovingienne, c'est-à-dire qu'il y avait alors, dans cette ville, un atelier monétaire. Sous le roi *Charles II*, dit *le Chauve*, beau-père du comte Flandre, *Bauduin Bras-de-fer*, (d'Yzeren ou de l'Ysere), l'on battit monnaie, selon V^r Gaillard, à *Bruges, Cassel, Douai* et *Gand*.

Sur une pièce d'argent, frappée à cette époque à Cassel, et mesurant vingt millimètres de diamètre[1], que l'on voit au cabinet des médailles de la Bibliothèque impériale, à Paris, il y a d'un côté, la légende : † GRATIA DI REX, avec le monograme du souverain au centre. Au revers: † CASSELO. AV. avec une croix pattée à branches égales. C'est là un type spécial, selon MM. *Fougères* et *Cambrouse*[2]. Dans leur table, ils disent: *Cassel. Ioau*, Cassel, *Mont-Cassel*, pour cette monnaie curieuse.

Le savant Lelewel et M. Cambrouse en citent d'autres, datant du XIIIe siècle, et provenant de l'atelier de Cassel.

M. Gaillard, dans ses travaux sur les *monnaies féodales*, attribue encore à Cassel trois petits deniers de la fin du XIIe siècle.

Il y eût aussi un atelier monétaire à Cassel sous *Yolent de Flandre,* comtesse de Bar, dès 1340. L'on sait qu'elle fut dame de Cassel à la mort de son père, *Robert*, et concurremment d'abord, jusqu'à sa majorité, avec sa mère *Jeanne de Bretagne.* Yolent vécut avec ce titre et les prérogatives qui y étaient attachées jusques vers 1396, époque de son décès qui eut lieu à Nieppe, au château de la Motte-au-Bois, ainsi que nous l'avons récemment prouvé[3].

1 Pl. III, fig. 5 et 6.

2 Voir l'ouvrage de ces auteurs numismates, intitulé : *Description complète et raisonnée des monnaies de la deuxième race royale de France.* — Paris 1837.

3 Voir notre *Discours historique sur Cassel*, lu au Congrès archéologique de France, session de Dunkerque, séance de Cassel, et imprimé à Caen, 1861.

Au XIII⁰ siècle, suivant les historiens, beaucoup de seigneurs, surtout parmi ceux qui possédaient haute justice, ou
dont le fief ressortissait de la couronne, battaient écu d'or ou
d'argent, sols et deniers, et en altéraient la valeur comme
ressource financière; cependant ce n'était pas là fabriquer de la
fausse monnaie, comme cela fut pratiqué sous la célèbre dame de
Cassel, si ce n'est en cette ville, du moins à son château du bois
de Nieppe, dépendant de la châtellenie de Cassel. Ce fait est
prouvé par plusieurs documents et particulièrement par des
lettres d'absolution en faveur d'*Yolent* pour ce cas, lettres que
nous avons trouvées dernièrement aux Archives de Lille [1].

L'on voudra bien nous pardonner cette digression.

IV. SCELS DE CASSEL ET DE SA COUR, D'UNE ÉPOQUE MOINS RECULÉE.

Cassel avait déjà, au XIII⁰ siècle, une administration et
une justice particulière et communale, outre la juridiction de
sa cour. Quelles étaient les armes de cette justice spéciale
et secondaire? Elles devaient différer de celles proprement
dites de sa *communauté* et de son *château*. Est-il probable
qu'un scel plus ou moins semblable à celui qui a l'inscription : *Sigillum civitatis Casletensis ad causas*, avait cette

---

1 En voici les sommaires :

1362, à Avignon 10 des kalendes d'avril, la 10ᵐᵉ année du pontificat
d'Innocent VI, le 23 mars.

Lettres en latin, sur parchemin, de Guillaume, cardinal-diacre, par lesquelles « il donne pouvoir, à l'évêque de Térouane, d'absoudre Yoland, com-
» tesse de Bar et dame de Cassel, à cause d'une sentence d'excommunica-
» tion par elle encourue, pour avoir fait forger de la fausse monnaie de
» France. »

(*Ancien inventaire des Archives du Nord*, t. VII, p. 5.)

« An 1367, lettre d'absolution donnée par le vicaire de l'église de Toul, à
» Yolend, pour la même cause. » (*Invent. id.*)

destination? Ce dernier a été trouvé par nous, il y a peu d'années. Il est représenté à la planche I, fig. 4 ; le titre auquel il est appendu est en notre possession. Là, ce sont deux clefs adossées, mais séparées distinctement et ayant chacune un panneton simple latéral, au lieu d'un double.

. Ces clefs sont soutenues ensemble par une main à avant-bras vêtu ; elles sont placées sur fond sans couleur héraldique apparente, et l'écusson est porté par deux lions armés ou un lion et un chien ou loup ; de plus il est surmonté par un animal emblématique non spécifié et de fantaisie sans doute, en tout semblable aux deux quadrupèdes qui sont en chef du scel curieux du *conseil et de l'échevinage de Dunkerque*, appendu à un acte découvert dernièrement aux archives du Nord, et de l'année 1407.

Un autre acte de 1665 (un état de biens) représente le même scel à deux clefs ; cet écrit commence par les mots : *Compareerden voor burghrave*, et il est signé : *Gilles Bornesien.*

Reste à savoir positivement si le scel à deux clefs distinctes dont nous venons de parler, peut être attribué déjà au XIVe siècle? La ressemblance de l'animal emblématique en haut de son écusson avec ceux du scel de Dunkerque le fait supposer, cependant les lettres romaines de l'inscription paraissent être du XVIe siècle.

Si l'administration civile ou même judiciaire de Cassel avait dépendu exclusivement du chapitre de la collégiale de St-Pierre de cette ville, *'t cappitel van Ste-Pieter*, il n'y aurait aucun doute sur l'origine des deux clefs distinctes pour la communauté de Cassel ; car le sceau ou les armoiries de cette institution religieuse *exempte*, fondée en 1085[1] ainsi

1 Voir *Inventaire des chartes*, Archives de Lille, t. I, p. 37, et t. III, pièce No 1807.

que son église, vers 1076, par Robert-le-Frison, devenu, depuis peu, par droit de victoire, comte de Flandre, portait *d'or, à deux clefs de sable, adossées et posées en pal* [1]; mais ces armes étaient particulières à ce chapitre[2] placé sous la dépendance exclusive du St-Siège; elles faisaient allusion aux clefs emblématiques du premier apôtre, sous le vocable duquel cette église collégiale du château-fort de Cassel était placée.

Il faut donc regarder comme une simple coïncidence le rapport des clefs du chapitre avec celles du blason de la ville. Ces deux armoiries doivent être considérées comme indépendantes l'une de l'autre.

Il en est de même de la seigneurie du *Francq de Cassel de huit paroisses* [3] qui porte : *gironné d'or et d'azur de douze pièces, avec un petit écusson de gueules en abîme* (comme Flandre ancien), *parti d'argent à deux clefs adossées de sable*, comme le chapitre de St-Pierre de Cassel.—Ce Franc se rattachait du reste aux juridictions féodales de Cassel, quoique étant dans la châtellenie de Furnes [4]. Il était connu sous le nom de *Bercle-Branche*. Le chapitre de St-Pierre y avait plusieurs *Bergeries* données par Robert le Frison.

Les sceaux de Cassel ainsi que les *blasons* plus modernes qui s'y ont rapportent, méritent aussi un examen spécial.

---

1 Pl. I, fig. 6. Voir aussi pl. X, fig. 1, 3 et 4. (A l'inverse du *Franc de Lille* et des deux clefs des armes de la collégiale de St-Pierre de Lille, car là les clefs sont d'or et passées en sautoir, sur gueules.) — Le chapitre d'Aire avait aussi deux clefs en croix, comme signe distinctif.

2 Scel en plomb de l'acte de 1372, 7 janvier. Quittance du chapitre de St-Pierre de Cassel, de 14 livres, à compte de la rente que la dame de Cassel (Yolent) leur devait pour la fondation d'une messe solennelle, par semaine. (Archives départementales de Lille.)

3 Pl. I, fig. 7.

4 Voir *Annales du Comité flamand de France*, t. II, p. 231, *Armoiries* de M. Carlier.

Après 1328, par exemple, année où se livra, au pied du Mont-Cassel, la célèbre bataille, gagnée sur les Flamands rebelles, par le nouveau roi de France, *Philippe de Valois*, et son cousin le comte Louis de Nevers, les armoiries de Cassel étaient bien à deux clefs en pal, les pannetons toujours au chef ; mais entre elles fut placée une *espée* de même, en pal[1] (droite et la pointe en haut), le tout de *sable à fond d'or* (d'Hozier), *ou d'argent*, comme nous l'avons dit dans notre *Topographie de Cassel de 1828*. Les auteurs diffèrent d'opinion sur cette variante héraldique qui n'est pas sans importance[2]

Ce blason est classé parmi ceux des *villes fermées* au XVe siècle.

On ignore l'époque véritable ou exacte de cette addition remarquable de l'*épée* et des motifs qui y donnèrent lieu[3]. Le fait est que sur le *contre-scel* du sceau de la cour de Cassel,

1 Pl. V, fig. diverses, et pl. I, fig. 5, etc.

2 Consultez la *Flandria illustrata;* le livre de de Lespinoy sur les armoiries de Flandre ; *les Délices des Pays-Bas* ; l'armorial d'*Hozier*, (Bureau de Cassel, p. 720 et 579), publié par Borel d'Hauterive ; les ouvrages héraldiques récents sur le Nord. et celui de M. Carlier ; puis, enfin, les médailles et sceaux des *Archives de l'Empire*, et des collections particulières de la Flandre; les archives de Lille, d'Ypres, de Bruges, etc.

3 Dans un manuscrit fort curieux, illustré de blasons coloriés et intitulé : *Le blason des armes ou Blasons de plusieurs maisons de Flandre*, dont l'écriture paraît être de la fin du XVIe siècle, il y a un très grand nombre d'armoiries de diverses classes, concernant toute la Flandre, au XVIe siècle. Là, se voit un blason pour le *vicomte et seigneurs de Cassel*, ainsi défini : *D'argent, à une espée en pal, la pointe en hault, tout de sable* (a), (sans clefs), et crie *Cassel, Casselbach* (sic) (Cassel ambacht? cri de guerre.)

Ce blason est classé dans le chapitre concernant les très nobles barons et bannerets de la comté de Flandre. (Bibliothèque de Lille, 113, E 5, 11. No 294).

Nota.—Dans ce manuscrit ancien, le *blason de la ville* est défini comme suit : *Porte : d'argent, à l'espée en pal, la pointe en haut de sable et deux cleefs au chief en pal de mesme.*

(a) Pl. frontispice, fig. 7.

à la fin du XIVe siècle, le blason se trouve ainsi (pl. 1, fig. 5.) Un *blason* trouvé dernièrement, dans un manuscrit d'armoiries dont nous parlons à la note 3 de la page 33, (planche frontispice fig. 7 : *d'argent à l'épée de sable*), peut faire supposer que cette épée, placée entre les deux clefs plus anciennes, désignait la *Vicomté* ou *Burgraviat de Cassel*. L'on sait que les seigneurs-vicomtes représentaient les comtes, leurs souverains, et qu'ils avaient des armoiries spéciales. Les scels et contre-scels des écrits officiels de l'administration et de la juridiction de cette ville ont été depuis toujours de même. Cela se voit sur plusieurs actes conservés des XVe, XVIe et XVIIe siècles qui ont échappé heureusement à des actes de vandalisme assez récents.[1]

Enfin, nous voyons ainsi les armes de Cassel, à partir de cette époque, et sans plus varier désormais, apposés aux sceaux des actes civils de ville, comme à ceux qui concernent sa châtellenie et ses justices, jusqu'à Louis XVI : c'est-à-dire jusqu'à la séance des états-généraux du 4 août 1789, où les blasons comme les droits féodaux et autres furent abolis. A cette époque aussi tous les avantages que possédait Cassel disparurent à jamais !

Quant aux armoiries de l'administration centrale de la châtellenie de Cassel et de sa cour de haute justice, elles étaient, selon d'Hozier *d'azur*, *à un château d'or, pavillonné et flanqué de deux tours pavillonnées de même*, etc. (pl. 4, fig. 5), ce qui est assez incertain, car les toitures y paraissent de *sable*; contre-indication d'avec l'*azur* du fond du blason [2].

1 Une grande partie des archives de Cassel fut vendue au poids, peu d'années avant l'administration éclairée du maire actuel, M. l'Avocat De Smyttere qui se fait un devoir de conserver ce qui en reste.
2 Bureau de Cassel p. 731, N° 25 et p. 442, N° 2.

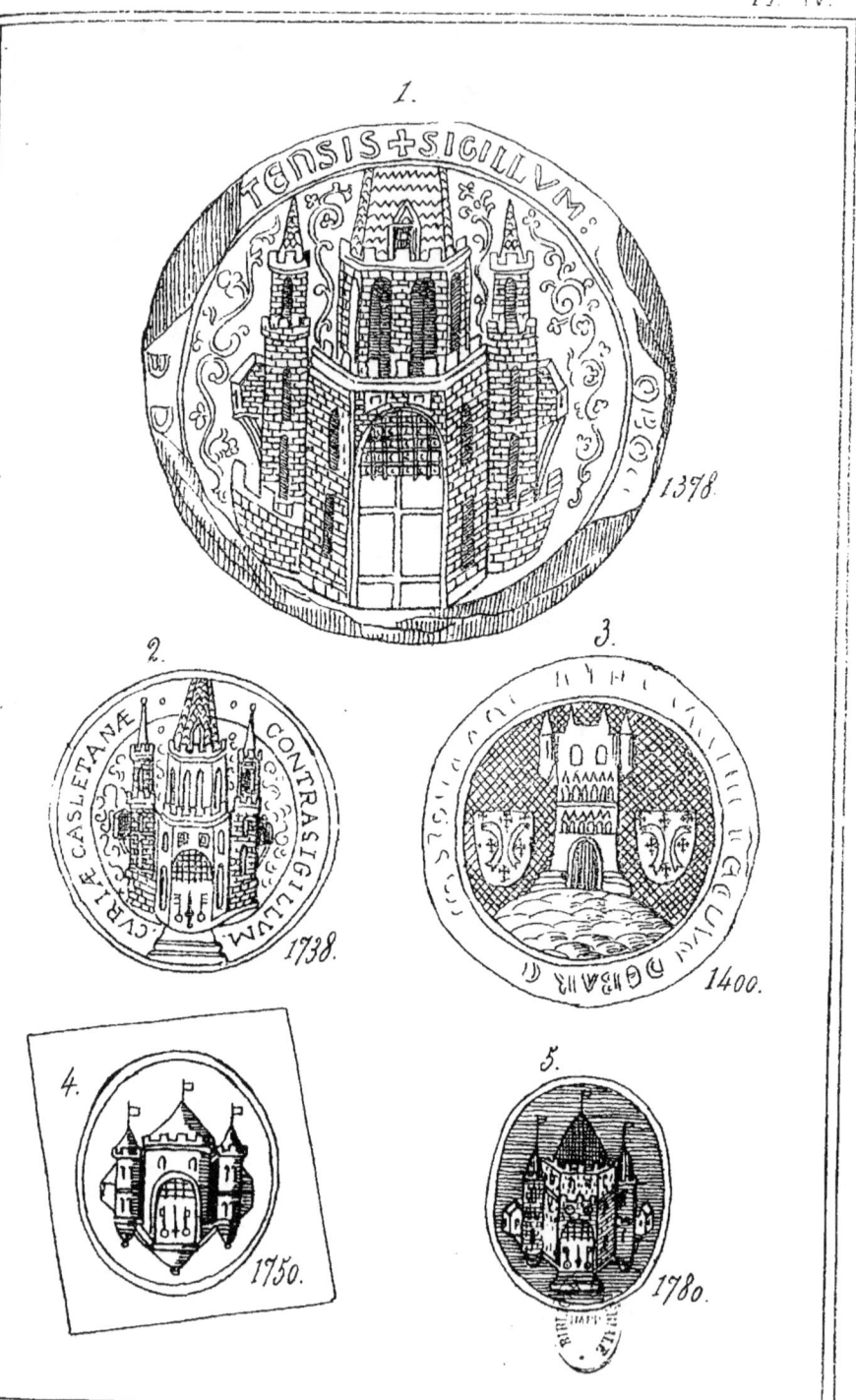

1.

TENSIS ✠ SIGILLVM ·

1378.

2.

CVRIÆ CASLETANÆ CONTRASIGILLVM

1738.

3.

1400.

4.

1750.

5.

1780.

SCELS DE CASSEL ET DE SA CHATELLENIE

Selon d'autres auteurs, tel que *Sanderus*, et beaucoup de savants héraldistes, ce château-fort était de *sable sur fond d'argent*. C'est à la porte de ce château de blason (il paraît avoir varié pour ses émaux [1]) que se voit *l'espée accostée des deux clefs susdites*; mais avant le XIVᵉ siècle, les clefs étaient sans accompagnement. Nous l'avons déjà fait remarquer aux scels de 1237, 1245, 1279, etc.

Notons aussi que l'*espée* et les *clefs* manquent complètement à la porte du château pavillonné du scel de Cassel (pl. IV, fig. 3) du temps de ses seigneurs de la maison de Bar, même la ducale du XVᵉ siècle et celles des princes barrois, dès la fin du XIVᵉ siècle. Parmi ces derniers, nous citerons Robert de Bar, fils du comte Henri IV et d'Yolent, de Flandre (dame de Cassel), et époux de Marie de France; puis le cardinal-duc Louis de Bar, seigneur de Cassel après Edouard son frère. Leur blason était à *deux bars ou barbeaux adossés d'or, l'écu semé de croix recroisetées au pied fiché de même* (pl. VII et VIII); il se voit à chaque côté du château que représente ce blason-scel, qui est sans doute aussi, emblème de justice seigneuriale.

Faisons remarquer qu'au scel de Cassel de 1378, les clefs et l'épée n'existent pas non plus aux portes du château qui y figure (pl. IV, fig. 1 [2]).

On voit les armes de Cassel représentées au complet sur

1 *Obs*. Si réellement il y a eu des variétés de ce blason, il serait à supposer alors que le *château d'or* était peut-être aux armes du magistrat de la noble cour, et que celui *d'argent* servait, dans ce cas, comme blason de la châtellenie ou de son territoire judiciaire. Du reste, il faut douter, car l'auteur de l'*Armorial* ayant commis bien des erreurs, même aux noms lieux et de personnes, a pu se tromper dans cette circonstance: C'est à vérifier.

2 Archives du Nord, à Lille, pièce Nᵉ 943.

le blason de sa cour[1], *T' hoff van Cassel*[2] et sur celui de la ville au XVIe et XVIIe siècles, qui se trouvent gravés au frontispice du livre in-4°, imprimé à Gand en 1613, concernant les *coutumes* et *usages* de la ville et de la châtellenie de Cassel, *Costumen ende usantien van de Stede ende Casselrie van Cassel.* Elles y sont décrites comme suit :

« d'Argent à un château de sable, flanqué de deux tours
» pavillonnées de même, la porte du château, garnie de sa
» herse est ouverte. Au-dessous de cette herse il y a , sur
» fond d'argent, une espée posée en pal, de sable, accostée
» de deux clefs adossées, de même en pal. » (pl. v fig. 5.)

La gravure de la *Flandria illustrata*, de *Sanderus*, donnant le plan de la ville de Cassel fortifiée[3], peu d'années avant la bataille de Peene livrée au mois d'avril 1677, représente aussi de la sorte ces armes de la ville et du magistrat de la noble cour de Cassel. Elles y sont placées à côté d'un écusson aux armes d'Espagne[4] du temps de Philippe IV, puis d'un autre aux armes de Flandre, et du blason des comtes

---

1 Le magistrat du château de Cassel était le seul corps qui eût le titre de *cour* dans les Pays-Bas.— Ce titre a été confirmé en 1610, par l'archiduc *Albert* et par un arrêt du parlement de Tournai du 20 novembre 1690.

Les *chefs-colléges*, où la réunion des députés de diverses châtellenies de la Flandre maritime, s'y assemblaient une ou deux fois par an pour les affaires qui concernaient les finances de la province.

2 Messieurs de la cour de Cassel, un peu trop prodigues des deniers de la châtellenie, comme les écrits du temps l'attestent, avaient eu soin, au XVIIIe siècle, de faire placer ce blason même sur leurs nombreux flacons de vin de gala. Le cachet s'y voyait fondu latéralement avec le verre.

3 L'inscription y est ainsi conçue : *Castellum* vulgo *Cassel*, olim *Castellum Morinorum.*—Nous avons déjà dit qu'il n'est pas besoin de ces témoignages modernes pour nous convaincre que cette station romaine de la *Belgica secunda* (le *Castellum* du géographe *Ptolémée* et de l'*Itinéraire d'Antonin*) fut d'abord aux Morins.

4 Planche VIII, fig. 7.

Pl. V.

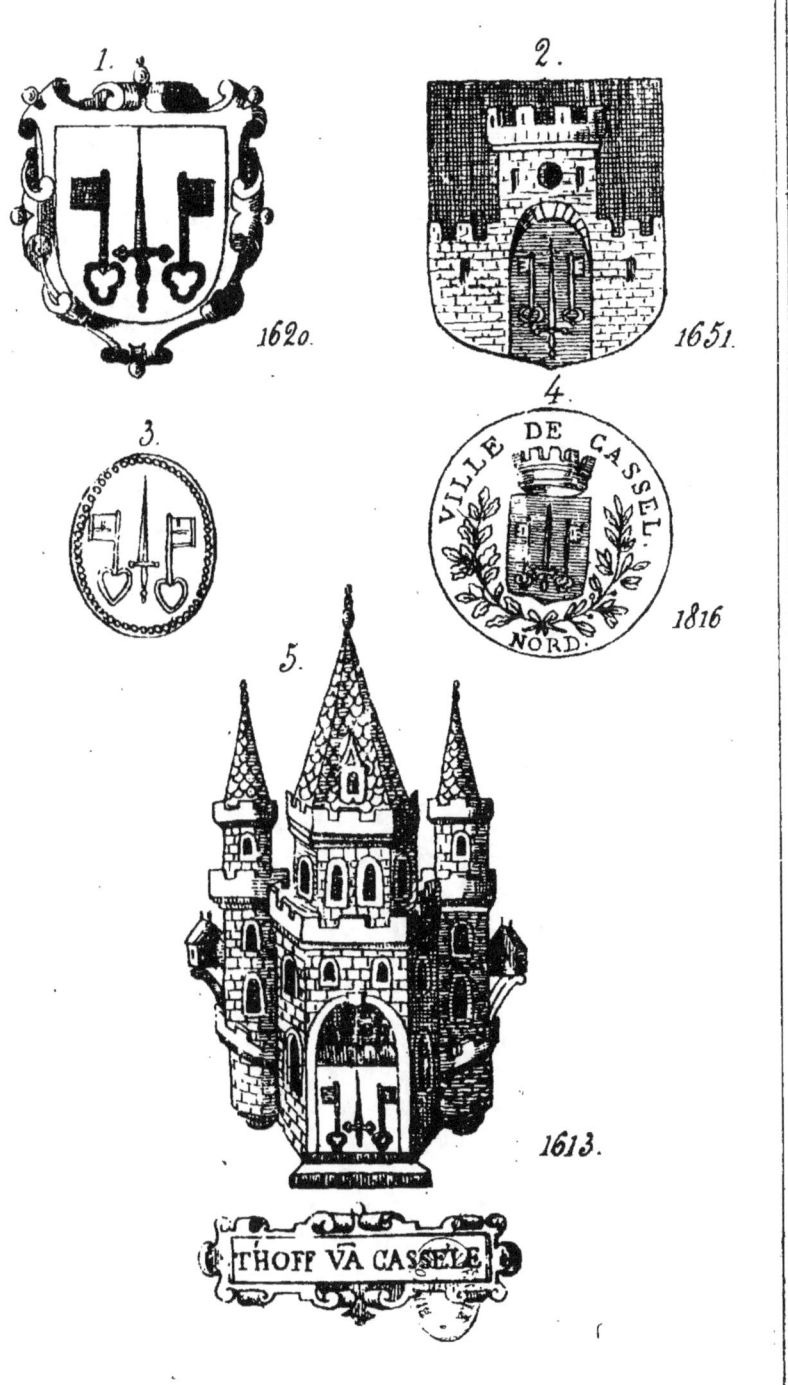

1.

1620.

2.

1651.

3.

4.

VILLE DE CASSEL.

NORD.

1816.

5.

1613.

T'HOFF VA CASSELE

BLASONS ET SCELS DE CASSEL ET DE SA COUR.

de *Hornes*[1], qui étaient alors grands baillis-héréditaires de Cassel.

Disons aussi que sur la magnifique *gravure*[2] trop *hâtivement orgueilleuse*, de *Schelte*, de Bolswert, représentant les génies des villes de la Flandre maritime venant avec soumission déposer, en 1653, leurs blasons aux pieds de l'*Archiduc d'Autriche Léopold* (armé et à cheval, près d'un arc de triomphe dressé en son honneur par les Gantois), l'écusson de Cassel n'offre pas de changements notables. Il y est, pour l'ensemble, avec les mêmes conditions héraldiques, sauf variantes, que celles dont il vient d'être parlé. (Pl. v, fig. 2.)

A la fin du XVIIe siècle et au XVIIIe, le grand scel de la cour de Cassel (*court*, *curia*) ressemble à ceux que nous avons décrits en dernier lieu; les clefs et l'épée s'y voient au scel comme au contre-scel. Ce sceau était très beau, nous l'avons remarqué avec l'inscription: *Sigillum ad causas curiæ Casletensis*, à un parchemin daté de 1738, concernant l'administration judiciaire de la châtellenie. Il était en cire rouge et fixé à cet acte par une double queue de parchemin. Nous ne l'avons plus retrouvé depuis la disparition regrettable de la plupart des anciennes archives; son diamètre était de six centimètres, et son contre-scel de quatre centimètres; celui-ci servait parfois comme

2 Hornes, *d'or à trois cornets de gueule, liés et garnis d'or*, comme à la cloche de l'hôtel-de-ville qui fût bâti par les Espagnols, après incendie, en 1631. voir pl. VI, fig. 8.

2 Cette rare estampe allégorique, ayant 1^m 30^c de largeur sur 92^c de hauteur, se voit chez M. F. Hutin, à Lille. Elle est grandiose d'exécution. —Nous en donnerons ailleurs une description analytique, à cause surtout des évènements de guerre de 1652. Les Espagnols y remportèrent d'abord des avantages, mais les Français furent triomphants peu après, dans la Flandre la plus occidentale.

scel des *plaqués* ou placards. (Voir pl. ɪᴠ, fig. 2.) On y re-
marquait les mots suivants : *Contrasigillum curiæ Casletanæ.* Enfin, nous représentons à la planche ɪᴠ, fig. 4, le scel
dit *ordinaire* de Cassel de 1750, qui servait aux plaqués de
certains actes. Quant à ceux que l'on voit, pl. ɪᴠ, fig. 5 et
pl. ᴠ, fig. 3, nous n'avons eu soin de les recueillir que comme
exemples ou souvenir des cachets que présentent les lettres
de l'administration de Cassel, mais sans y attacher aucune
importance particulière.

V. SCELS DES JUSTICES ET VIERSCHAERES DÉPENDANT DE CASSEL.

Faisons observer que ces divers sceaux de la cour et de
la commune de Cassel n'empêchaient pas à la justice particulière de la *Vierschaere royale* de Cassel d'avoir longtemps
ses scels propres ; mais des changements survinrent qui modi-
fièrent les pouvoirs du magistrat de Cassel et de sa justice
sur les *onze paroisses.* Ainsi, ce magistrat fut supprimé en
1702[1] par lettres-patentes du roi Louis XIV, et sa juridiction réunie à celle de la cour ou de la châtellenie (Voir aux
preuves); de même, par l'édit du 28 juin de 1774, le tribunal,
ou la juridiction, dite la *Vierschaere*[2] *des onze paroisses* fut
aussi réuni par le roi, à la cour de Cassel, avec suppression
de l'office de grand bailli. — Cette vierschaere en relevait
par appel. Il y a des raisons de croire que les scels de
cette vierschaere servaient encore après cette adjonction des
pouvoirs, mais toutefois pour des actes qui regardaient spé-

---

1 Edit signé par le roi, en décembre, l'an de grâce 1702, à Versailles,
lettre portant suppression du magistrat de Cassel, etc. Registré à Tournai le
15 décembre, même année.

2 *Vierschaere*, assemblée de justice, juridiction secondaire à quatre
bancs, ou à quatre juges, etc., signification qui a varié selon les époques.
(Voir aux *Preuves*, article *Vierschaere.*)

Pl. VI

VIERSCHAERES DE CASSEL ET SEIGNEURIES

cialement cette ancienne circonscription judiciaire et qui avaient une destination spéciale [1].

Il existe encore des traces de trois variétés des sceaux du *Tribunal des unze paroisses*, dit la *Vierschaere de l'Ambacht de Cassel pour la moyenne justice* au XVIIe siècle.

L'un a trois centimètres et demi, ayant en chef quatre églises ou figures d'édifices (indiquant ce nombre de paroisses), sur chaque côté 3 et une église en pointe. Sous le blason central de Cassel (pl. VI, fig. 2), il offre autour de son bord circulaire la légende suivante :

Sigillum ad caus. undecim parochiar. Caslet.

Le deuxième a aussi 3 centimètres 50 millimètres, mais il offre seulement trois églises en chef, et il y en a deux en bas, l'une située au-dessus de l'autre sous la pointe de l'écusson en abîme. Il y a la même inscription qu'au premier.

Quant au troisième sceau de Vierschaere, que nous possédons, il est appendu à un acte du 15 mars 1639 (Pl. VI, fig. 1). Son diamètre est de 5 centimètres. Les emblèmes des *onze paroisses* y entourent l'écusson central aux clefs et épée de Cassel, comme en guise de chapelet, de même qu'au sceau cité en premier.

Le contenu de cet acte commence ainsi :

« Alle de gonne die dese presente letteren sullen sien ofte » hooren lesen, Burchgrave [2] ende schepenen van de viers- » chaere van de elf prochien geeseit, 't Ambacht van Cassel » salut. doen te weten, etc. »

---

1 Consultez aux archives de la mairie de Cassel, *Agende des Vierschaeres*, commencé le 26 janvier 1776 et finissant le 31 juillet 1777. — Voir aussi plusieurs autres écrits de ce genre qu'on conserve aux mêmes archives, tels que *Registre d'Agendes des Vierschaeres*, entretenu par les vassaux ressortissant de la *Vierschaere de l'Ambacht de Cassel*, 9 mars 1761.

2 *Châtelain* ou *Vice-Comtier*, titre donné plus tard à ses équivalents.

D'Hozier, dans son armorial[1], dit quecette justice ou viers-chaere de Cassel porte : *d'or à une épée de sable posée en pal cotoyée de deux clefs adossées de même et une bordure d'azur chargée de onze églises d'or.*

Le magistrat [2] (bailly et échevins : bailliu en chepenen , *scabini*) de la vierschaere des onze paroisses de Cassel était pour la moyenne justice, distinct de celui de la haute cour de cette ville et de celui de sa châtellenie, avant l'édit du roi de 1774. Nous en avons parlé plus haut.

C'est le moment de nous occuper du blason spécial dont se servait la châtellenie de Cassel pour sa juridiction générale. Elle avait , on le sait, connaissance des matières criminelles [3] dans toute l'étendue des huit vierschaeres et des quatre justices secondaires plus élevées, selon *Rapsaet.*

Cette châtellenie n'a pu dater que du temps de la troi-sième race des rois de France ; il n'exista pas de châtellenie avant le XIe siècle ; ce n'étaient alors que des justices de seigneurs ou châtelains.

Outre le blason armoyé au château de sable, qui était propre à la châtellenie de Cassel, on voit aussi par la gravure qui est au titre de l'in-folio des *coutumes et usages de la ville et chatellenie de Cassel* [4], que les armoiries de ce chef collége étaient mixtes.

1 Bureau de Cassel, p. 724 , N° 29, et p. 442.

2 Vers le milieu du XVIIe siècle, François Vandevelde était bailli de la vierschaere de Cassel.— Nous donnerons ailleurs les noms d'autres baillis.

3 Consultez le *Registre criminel de la cour de Cassel*, de 1680 à 1764 , (avril) *Registre criminel voor het hof van Cassel*, béginnende ten jaer 1680 (maendt van octobre). On y voit, par exemple, à quoi fut condamné le corps d'un suicidé ; chose bizarre !

Ce livre , fort curieux, est encore existaut à la mairie de Cassel. — Voir aux *Preuves* l'article concernant l'édit royal de Louis XIV.

4 Dans cet ouvrage, intitulé : *Costumen ende usantien van de stede ende*

Elles y représentent, outre celle au *château de Cassel,* qui est à son centre, un blason écartelé des quatre moyennes justices, comme il suit : 1º Cassel, 2º Hazebrouck, 3º Watten, 4º Estaires (Stegers), Pl. frontispice, fig. 5. En effet, ces trois dernières villes étaient aussi, par leurs justices secondaires, dépendantes de la haute justice de la châtellenie de Cassel (T' Cassel-Ambacht) ainsi que Merville, du territoire d'Estaires, selon l'ouvrage intitulé: *Les délices des Pays-Bas,* et aussi cinquante bourgs et villages et quelques enclavements.—Voir aux *Preuves,* pièce nº XVIIJ.

Il y avait, pendant un temps, huit *vierschaeres* au territoire ou *Ambacht* de Cassel[1] ; quelques-unes d'elles étaient royales,

---

Casselrye van Cassel, (réimprimé à Gand en 1674, avec le français en regard), on voit, au titre, ce blason mixte, soutenu et protégé par une figure allégorique de la Flandre, ayant à dextre un bouclier au lion (Voir notre pl. frontispice, fig. 5.); autour se groupent de petits génies aîlés, représentant, avec leurs attributs, *la Justice, la Sagesse ou Science, la Mesure ou Modération* et *la Force,* qui portent des banderoles où l'on voit les légendes suivantes :

1 *Het recht doet staen* : Le droit maintient.

2 *De wysheidt past* : La science apprécie.

3 *De maet help gaen* : La mesure facilite.

4 *De sterct haut vast* : La force consolide.

La vierge à couronne murée, qui représente la Flandre a, sur sa banderole : *Hulp in den val, geeft een aen al.* C'est à dire : secours dans la chute, protection à chacun.

1 Les auteurs ne sont pas d'accord sur l'étendue de l'ancien *Ambacht* de Cassel. Les uns disent que ce territoire ne comprenait que les onze paroisses, et d'autres veulent qu'il soit la circonscription de toute sa châtellenie.

L'une et l'autre opinion peuvent être vraies, mais les époques ont seules pu les faire varier ; ainsi, il est certain que vers le milieu du XVᵉ siècle et avant, on disait Hondeghem de l'Ambacht de Cassel, *in Cassel ambacht by Vlaenderland.* Les anciennes cartes désignent aussi sous ce nom la circonscription de toute la châtellenie. Depuis lors, l'on a pu changer cette dénomination ou en restreindre la valeur comme on le voit par les écrits du XVIIIᵉ siècle.

telles que celles de Cassel et de Steenvoorde, (De koninglyke vierschaere van Steenvoorde.) Ainsi qu'il est encore prouvé par un acte du 20 avril 1770. Un édit de suppression d'*icelles* les réunit définitivement en 1778 à la cour de Cassel[1].

Chacune des huit vierschaeres avait un bailli, des échevins et un greffier, nommés par le grand bailli de Cassel, renouvelés tous les deux ans, et exerçant justice civile.

Elles avaient leurs scels propres; ainsi la huitième, dite la *West-Vierschaere* (ou occidentale), contiguë à Watten, portait son blason de *gueules au Lion d'argent lampassé et armé d'or*[2]. La septième, la *Noord-Vierschaere*, avait pour armes l'ancien blason de Flandre, sans modifications dans l'écusson, mais avec un entourage spécial. Ce scel, trouvé à Cassel, est donné pour exemple à la planche VI, fig. 6.

La vierschaere royale de Steenvoorde avait aussi pour blason, *sur fond d'or, un Lion de sable lampassé et armé de gueules* comme la Noord-vierschaere, mais ce lion de Flandre était *couronné de gueules*. (Pl. VI, fig. 4.[3])

Le dénombrement des lieux dépendants de la châtellenie de Cassel fût renouvelé sous l'empereur Charles-Quint, à Tenremonde, en l'an 1517. Il diffère peu de l'énumération des localités dépendant des huit vierschaeres. En 1610, époque où un nouveau règlement fût donné, le 4 mars, pour ces juridictions, les *huict bancqz inférieurs*[4], et la

1 Voir la note *Vierschaeres* aux pièces justificatives.
2 *Annales du Comité flamand de France*, t. II, pl. VI. p. 363.
3 Même ouvrage (J.-J. Carlier), pl. VI, fig. 102, p. 265.
Voir aussi *De Lespinoy, d'Hozier*, etc.
4 Malgré les pièces administratives et, entre autres, celle du *conseil de Flandre*, de 1621, où il est dit *huit bancqs inférieurs* en la châtellenie de Cassel; quelques auteurs disent *sept vierschaeres;* mais les différences dans ces nombres dépendent des époques. Il en est de même des variantes concernant les localités comprises dans chacune d'elles, car à certains temps, les unes

cour de Cassel, par l'archiduc Albert et Isabelle, infante d'Espagne, alors gouverneurs des Pays-Bas.[1]

Voici ce dénombrement :

Première vierschaere, celle de Cassel, dite des *onze paroisses*; elle comprenait : 1° *Paroisse St-Nicolas* ou Cassel occidental ; 2° *Paroisse Notre-Dame* et *Quaestraete*, ou Cassel oriental ; 3° *Oxelaere ;* 4° *Terdeghem-Ste-Marie-Cappel*[2]; 5° *Arnèke;* 6° *Hardifort;* 7° *Oudezeele;* 8° *Zermezeele;* 9° *Noordpeene;* 10° *Zuytpeene;* 11° *Wemaers-Cappel.* Nous n'énumérerons pas ici les dépendances ou enclavements seigneuriaux de ces paroisses. Elles sont mentionnées aux *Preuves* : Liste générale des seigneuries, n° XVIII.

Deuxième vierschaere, celle de Steenvorde (Oost-vierschaere; *ad ortum Castelli*), pl. VI, fig. 7, comprenant *Godevaerts-velde* ou *Godts-velde*, *Eecke* en partie (c'est-à-dire surtout *Hillewals-Cappel-Eecke* qui en dépendait et qui porte aujourd'hui le nom de *St-Sylvestre-Cappel*). *Westhoutre* aussi en partie *(etiam ex parte)*. *Winnezeele* et *Boeschepe*. (Renouvellement du mois de septembre 1743.[3])

n'existaient pas encore ou ne venaient que de naître, et elles n'avaient pas assez d'importance alors pour être mentionnées ; d'autres s'éteignaient ou allaient se confondre avec des localités voisines; enfin quelques-unes furent ajoutées aux anciennes dans la suite. Il y a eu tant de changements, dans toutes ces diverses circonscriptions, qu'il faut être bien sur ses gardes si l'on ne veut commettre involontairement des erreurs chronologiques.

1 On devra consulter, pour les justices de Cassel, les édits *d'Albert et d'Isabelle*, du 30 mai 1610, et du 12 juillet 1611, puis les règlements pour les *vierschaeres*, dépendant de Cassel, de 1621. Avant ces lettres officielles sur Cassel, il y a eu les décrets de *Charles-Quint*, sur le même sujet, de 1534 et celui de 1540. (Le magistrat de Cassel ayant négligé d'obtenir confirmation de ses priviléges). Un autre écrit émanant de la chambre du conseil de Flandre, (28 janvier 1589), pourra être aussi examiné.

2 Sous le comte Guy, Ste-Marie-Cappel était une vierschaere.

3 La vierschaere de Steenvoorde avait en outre, à cette époque, les cantons

Troisième vierschaere, *Hazebrouck, Hondeghem* et *Walon-Cappel* ou *Wals-Cappelle*. Pour ce qui regarde ici Hazebrouck, ce n'était que son territoire septentrional dit faubourg. (*Tribunal suburbanum Hazebroukanum*), car la ville avait sa juridiction propre [1] ou particulière, sa vierschaere royale (*Oudegherst*), mais qui ne dépendait pas moins de Cassel, comme tribunal de moyenne justice.

Quatrième vierschaere, (*Staple* et *Bavinchove* (*quartum tribunal ditionis Casletana*), vieschaere qui, dans les vieux actes, est nommée Staple-Bavinckove. Les armes de Bavinckove et de sa seigneurie (Pl. VI, fig. 8) sont différentes pour les émaux de celles des de *Hornes*, quoique se ressemblant par les pièces de l'écusson. — Voir plus loin pour cette paroisse.

Cinquième vierschaere, *Ruyschure* (Renescure). Cette localité seigneuriale formait à elle seule la cinquième vierschaere[2]. Sanderus dit *quintum tribunal sola facit Ruyschuria*. Les actes de cette résidence commençaient ainsi au XVIIe siècle.
« Nous, bailli et échevins de la paroisse et seigneurie de Renescure, etc. »

Eugène de Montmorency, prince de Robecque, gouverneur d'Aire, était seigneur de Ruyschure, vers le milieu du XVIIe siècle; il était en même temps haut justicier de la cour de Cassel.

Sixième Tribunal-vierschaere, dit de *Zercle* ou *Zercu*.

---

de *Eekebeke-Houck, Ryvelt-Houck* et *Harinckhout*, aujourd'hui encore autant de sections de la commune de Steenvoorde.

1 *Hazebroka pulcrum ac populosum municipium cum juridictione propria ac singulari* (Sanderus).

2 Cette vierschaere n'est pas mentionnée dans un acte concernant les tribunaux de moyenne justice de Cassel, daté de janvier 1589.

Il comprenait : *Ebbleghem*, *Zercle*, *Lynde*, et *Vycghem* partie de *Blaringhem-Flandre*.

Septième. *Zeggers-Cappel*[1] et *Bollezeele*, composaient la *Noort-vierschaere*. Le blason de cette justice royale, ainsi qu'il a été dit, portait : *d'or au lion de sable lampassé et armé de gueules*. (Pl. VI, fig. 6.)

Huitième Tribunal de la châtellenie de Cassel ; il était composé des villages *(Pagi)* de *Rubrouck*, *Broxeele*, *Volkerinckhove* et *Lederzeele*. On l'appelait *West-Vierschaere* ou justice occidentale. Ces deux dernières étaient contigues à la châtellenie de Bourbourg.

Pour ce qui regarde les *quatre moyennes justices* dépendant de la cour de Cassel au XVIIe siècle, et dont il a déjà été question, (*Cassel, Hazebrouck, Watten et Estaires*), ainsi que des localités qui faisaient partie de chacune d'elles. Il n'entre pas dans notre plan de nous en occuper autrement dans cet opuscule. Leurs blasons sont indiqués à la planche frontispice, fig. 5 ; cependant nous ferons remarquer à leur égard ce qui suit pour cette figure copiée dans l'in-folio intitulé Coutumes et usages de Cassel.

1° *Cassel* y porte d'argent au lieu d'or.

2° *Hazebrouck*, au lieu d'avoir pour écusson un agneau pascal d'argent sur azur, etc. comme l'indique M. Carlier, d'après d'Hozier, porte sur le blason de sa justice et du magistrat : *d'argent à un lion de sable lampassé de gueules tenant à ses deux pattes de devant un écusson d'or chargé d'un lièvre (haze) courant en bande au naturel*. C'est

---

1 *Zegerscappel.* Ce nom de paroisse est inscrit sur notre carte ronde, ci-jointe, en dehors de la ligne de limite de la châtellenie de Cassel *par défaut de place.*—*Ravensberg*, dans son voisinage, en a fait, anciennement, aussi partie, avant d'appartenir à la châtellenie de Bourbourg.

cependant là l'écusson de la ville. (d'Hozier, bureau de Cassel, p. 710 et 570.)

L'écusson de *Watten* ou Watene offre un *pont , or ou argent,* à côté duquel un abbé avec crosse à senestre, tient de dextre une clef que supporte le blason. Ce blason est loin de celui que d'Hozier nous offre comme appartenant à Watten et qui porte *coupé d'argent et de gueules à trois pals l'un dans l'autre.* Les piliers du pont auraient-ils été pris pour des pals par des modernes? Nous avons vu un autre blason pour cette localité, dans *Sanderus ;* il porte *coupé d'argent en chef, et partie inférieure d'azur.*

Quant à *Estaires,* Stegers en flamand, (qu'il ne faut pas confondre avec la seigneurie du *pont d'Estaires,* le *Minariacum des Romains,* qui a appartenu aussi à Robert de Cassel, tout en relevant de la cour féodale de Bailleul), son blason porte évidemment *coupé d'argent sur gueules à une croix ancrée coupée l'une dans l'autre,* comme cela est inscrit dans l'armorial d'Hozier, bureau de Cassel, p. 715.

MOTTE-AU-BOIS. — N'oublions pas de mentionner ici la moyenne justice du *château de la Motte-au-Bois,* dite des *cinq tenances,* au bois de Nieppe, près d'Hazebrouck. Elle avait aussi ses *armoiries.* Cette propriété seigneuriale était déjà bien connue dès le XIIe siècle; les anciens seigneurs de Cassel et des châtellenies voisines se plaisaient à l'habiter, à l'embellir et à la fortifier. Nous signalerons plus tard quelques particularités sur ce manoir féodal, il fut tour à tour occupé par des princes de Flandre, et particulièrement, aux XIVe et XVe siècles, par *Robert* de Cassel, sa femme *Jeanne de Bretagne,* leur fille *Iolent,* la célèbre dame de Cassel, et

1 *Iolent,* y mourut, ainsi que plus tard *Isabelle de Portugal ,* troisième femme de Philippe-le-Bon.

par ceux de Bar qui naquirent de son mariage avec le comte Henri [1], ou de celui de leur fils *Robert*, duc, avec *Marie*, fille du roi *Jean-le-Bon*. — Voir au chapitre *Seigneurs de Cassel*.

La moyenne justice des *cinq tenances* de la Motte-au-Bois dépendait aussi de la cour de Cassel. Cette justice portait (ses bailli, échevins et communauté) *de gueules à un château d'or et une bordure d'azur chargée de cinq églises d'or, posées deux en chef, une à chaque flanc et une en pointe* [2]. On voit que ces armoiries avaient beaucoup de rapport avec celles de la vierschaere des onze paroisses de Cassel, sauf le nombre d'églises [3].

Les cinq juridictions qui relevaient du château de la Motte étaient, autrefois, la *Motte-au-Bois*, *Préavin*, *Pradelles*, *Borre* et *Merville*, dont le blason était *coupé d'or et d'azur à trois fleurs de lis, deux et une de l'un en l'autre*. En 1789, ces cinq tenances étaient celles d'*Hazebroucq*, *Thiennes*, *Morbecque*, *Steenbecque* et *Vieux-Berquin*, enclavées chacune dans la paroisse du même nom.

On cite aussi la juridiction des *Eaües* (eaux) *et forêts* de la Motte-au-Bois. Chacun de ces nombreux tribunaux, dit *Sanderus*, avait ses échevins qui jugeaient les causes civiles; ils reconnaissaient la juridiction criminelle de la cour féodale de Cassel, ainsi que tous les droits, autorité et priviléges de cette cour. Sa justice, rendue par le haut-justicier et par les hommes les plus distingués, se trouve longuement traitée dans le livre des lois municipales, approuvé par les comtes de Flandre. Ajoutons que parmi les douze

1 Voir quelques-uns de leurs sceaux et contre-scels, pl. VII, et pl. VIII fig. 1, pour le duc Robert de Bar.

2 Pl. VI, fig. 3. d'Hozier, bureau de Cassel, p. 721. n° 21, et Sanderus t II, p. 464.

3 Pl. VI, fig. 1 et 2.

juges (dont sept nobles et cinq d'un rang inférieur, mais libre et honorable), présentés tous les ans par le magistrat en exercice, pour le remplacer après le choix du prince (sur 24),) le haut-justicier était choisi, par le comte, dans un des lieux qui jouissaient du droit de haute justice, comme sont (disent *Sanderus* et *Blaeu*) Morbecque, *Thiennes*, *Estaires*, *Buseghem* ou Boesegem, *Watten*, *Nieuwerleet*, *Octhezele*, *Haverskerque*, etc.

VI. — SEIGNEURIES ET PAROISSES DE LA CHATELLENIE DE CASSEL, ET LEURS BLASONS.

Voici les *noms* des cinquante-quatre paroisses de la juridiction de Cassel vers le milieu du XVIIIe siècle, selon l'ordre des armoires d'une des salles de la mairie, où sont inscrits ces noms. Ces armoires servaient à contenir les actes de leurs affaires qui étaient traitées à cette cour:

N.-D. et Quaestraele,	Extenduen-Steenv.,
St-Nicolas (Cassel),	Winnezeele,
Oudezeele,	Gotsvelde,
Hillew-Cappel,	Boesschepe,
Ste-Marie-Cappel,	Haezebrouck,
Oxelaere,	Hondegem,
Suytpeene,	Walscappel,
Noortpeene,	Ruysscheure,
Ochtezeele,	Eblingem,
Wemarscappel,	Zercle,
Nieuwerleet,	Stapel,
Arnèke,	Bavinchove,
Zermezeele,	Broxeele,
Hardifoort,	Lederzeele,
Steenvoorde,	Volkerinchove,
Marquisaet-Steenv.,	Roubrouk,

Zegerscappel,	Pradelles,
Bollezeele,	Noortberquin,
Waeten,	Suytberquin,
Buysscheure,	Haveskerque,
Wulverdinge,	Angisthillew,
Merkgem,	Morbecque,
Terdegem,	Thiennes,
Vleter,	Steenbeque,
Strazeele,	Boesingem,
Borre,	Blaring et Fontaine,
Meessen-Eeckw^er,	Lynde et Westoutre.

Sanderus, dans sa *Flandria illustrata*, dit qué cette juridiction était autrefois plus étendue que de son temps [1]. C'est ce qui explique peut-être la prolongation de la châtellenie dans le territoire de Poperinghe [2], sur d'anciennes cartes, et celle du côté sud, au delà de la Lys [3].

Les limites de la châtellenie de Cassel dans notre carte géographique ci-jointe, ont été tracées d'après d'anciennes cartes de la Flandre maritime. Nous avons hésité pour y placer

[1] *Territorium casletanum in longum se protendit a Minariaco usque Watanûm et nobilissimam Flandriæ portionem complectitur.*

[2] Territoire indiqué, à nu, par A, dans notre carte de la *topographie de Cassel et de ses environs*, ci-jointe et augmentée. De Lespinoy, place *Bousingue*, près de Poperingue *(Pupurnengahemum)*, au *terroir de Cassel*, et Boulainvilliers, dans son *État de la France*, 1737, dit qué Poperinghe appartenait autrefois à la châtellenie de Cassel, mais ce devait être avant 1190 et avant Philippe d'Alsace, qui la donna à l'abbaye de St-Bertin.

[3] Angle terr^al B, s'étendant dans l'Artois, vers Aire. On peut le voir dans la même carte ronde ci-jointe qui a pour but de bien faire voir les circonscriptions. *Nota.* Vers ce point était la Vierschaere de *Wydebrouck*, au midi de Boeseghem, entre le pont de Flandre et la ville d'Aire. Cette justice, comptée dans un temps, 1743, au nombre de celles dépendant de la cour de Cassel, ne pouvait être aussi étendue que l'angle territorial marqué B.

3

la portion territoriale appartenant à Rousbrugghe et à Poperinghe, autrefois simples bourgs; mais il a fallu être exact,
sauf à éclaircir plus tard ce doute qui, du reste, pourra être
un jour dissipé, nous le pensons ; car il est dit dans des
historiens d'époques reculées, que la châtellenie de Cassel
s'étendait autrefois jusqu'aux portes d'Ypres. Cette étendue a varié beaucoup, selon les époques, et depuis que Cassel
n'était qu'une seigneurie de premier ordre (du temps des
de Harnes et de la comtesse Jeanne, par exemple), jusqu'aux
périodes où ce territoire devint le centre d'une juridiction
importante. Ainsi, au XIIIe siècle, lorsque déjà une grande
quantité de personnages, riches en fiefs et domaines mouvants
de cette châtellenie, y étaient attachés, elle s'augmenta de tout le
territoire de la châtellenie de Saint-Omer, qui était compris
dans les limites de la Flandre et qui était tenu en fief et hom-
mage de ses comtes [1]. Guy de Dampierre acheta de l'illustre
chevalier Gauthier ou Wauthier de Saint-Omer, seigneur de
Morbeke, les nombreux territoires situés surtout à l'ouest et au
sud-ouest de Cassel, et les ajouta à sa juridiction avec leurs
droits et émoluments. Telles furent la Noord-Vierschaere, la
West-Vierschaere, Renescure, Merville, etc. [2] Le produit de
cet achat fut assuré, par le comte, sur le produit annuel du
tonlieu de Cassel.

Les anciens châtelains et seigneurs de la châtellenie de
Cassel étaient renommés par leur puissance et les richesses
dont ils jouissaient. Le dénombrement de leurs charges et
domaines fut servi en 1397, sous Philippe le Hardi, par
Robert, duc de Bar et seigneur de Cassel. Les principaux

[1] Sanderus, t. III, p. 70. *Non modicam porro huic castellaniæ partem
adjunxit Guido Dompetra ad annum* 1286.

[2] En même temps y furent jointes les vierschaeres de Steenvoorde, d'Aesbrouck et de Staple-Bavinchove, et quelques francs alleux sous Blaringhem.

vassaux de cette châtellenie étaient alors : *Jean de Ste-Aldegonde, Jacques de Hazebrouck, Louis Loonis,* de la famille de Strazèele, à cause du fief qu'il possédait à Meris ; *Lorequins Lever,* pour le métier qu'il possédait de Cassel ; *Pierre Meetkerke,* pour des fiefs situés à Steenbeque et Zerkele ; *Henri d'Antoin,* seigneur de Haverskerque ; *François de Haverskerque,* pour un fief à Thiennes ; *Théodoric de Dixmude,* pour les fiefs de Watou et de Blaringhem ; le *seigneur de Piennes,* de la famille de Saint-Omer, à cause du domaine de Piennes, de Borre, d'Ochtezele et Bollizele, et d'une partie de Strazelles ; *François de Wisque,* à cause des fiefs de Zermizeelé et Hardifort et leurs métiers ; *Colard de la Clitte* à cause de quelques fiefs à Ruyscheure ; *George de Bailleul,* pour le fief de Vleteren ; *Jacques de Noircarmes,* pour le domaine de Wisque, à Kienville ; *Hector de Coisancourt,* à cause du domaine de Coudescure, à Berquin ; *Godefroi de Aesbrouck,* pour le fief qu'on appelait *het hof van Hazebrouck;* le même, pour d'autres fiefs à Coudescure et Oudizele ; *Pierre de Créquy,* pour les domaines de Ruyscure ; *Amand de Zuytpeene,* pour le fief de ce nom ; *Nicaise de Letour,* pour le fief de Bollizele ; *Jean de Borre,* pour les fiefs de Strazeele ; *Guillaume de Bavinchove,* pour le fief de Zerkele ; *Baudouin Waloncappelle,* pour le fief de Linden ; *Thomas Wyts,* pour les fiefs d'Arneken ; *Guillaume Bamme,* pour les fiefs de Merville ; *Guillaume de le Kerchove,* à cause de fiefs à Hardifort, Steenvoorde et Terdeghem ; *Guillaume de Courtewyle, François de Vos, Pierre de la Motte,* pour d'autres fiefs seigneuriaux situés dans la châtellenie de Cassel , etc.

Si les tribunaux secondaires et vierschaeres de la châtellenie de Cassel reconnaissaient les droits de la cour de cette ville, à plus forte raison étaient dans ce cas les seigneuries petites et grandes dépendant des diverses paroisses de cette juridiction. Leur nombre, au siècle dernier, était considérable ; il s'élevait à plus de deux cents. Nous en donnons l'énumération nominative à la fin de ce travail, aux pièces justificatives, en conservant soigneusement leur ordre de placement d'après une liste, déjà ancienne, encore conservée aux archives de la mairie de Cassel, et retrouvée dernièrement par M. A. Pastoors, secrétaire de la mairie, dans des armoires restées fermées, très heureusement peut-être, depuis bien des années. — Il faudrait pour bien remplir notre programme produire aussi les blasons de ces seigneuries, ainsi que les armoiries des notables des diverses localités communales de la châtellenie,[1] mais les principaux doivent suffire. D'ailleurs, *de Lespinoy*, *d'Hozier* (*Armorial*[2] publié par *Borel d'Hauterive*), *J.-J. Carlier.* en donnant un grand nombre dans leurs travaux héraldiques spéciaux sur la Flandre occidentale française, ces ouvrages peuvent être consultés. Nous nous bornerons à en citer des exemples et à mentionner surtout les seigneuries les plus proches de Cassel et les plus anciennes.

Quant aux blasons des seigneuries dont il nous reste à parler, plusieurs sont placées à la planche VII ; ce sont ceux de *Zuytpeene, Noortpeene, Bavinchove, Oxelaere, de la Motte-au-Bois*, etc. Il a déjà été question, plus haut, des armoiries, comme justices, de *Steenvoorde, Hazebrouck, Watten, Estaires, Rubrouck, Lederzeele, Zegers-Cappel, Bollezeele,*

---

1 Il y eut, il y a un peu plus de cent cinquante ans, une *fièvre d'armoiries* ; chacun en désirait, et l'on obtenait à bon marché, des titres de noblesse qui certes n'étaient pas toujours gagnés par le talent ou sur les champs de bataille. D'Hozier cite soixante-six personnes anoblies au territoire de Cassel.

2 *Recueil de Blasons*, rédigé par les ordres de Louis XIV, de 1696 à 1710, au territoire de Cassel, et pour la confection duquel il y avait aussi un *bureau* dans cette ville.

etc. Occupons-nous maintenant des suivantes, que nous classons par ordre alphabétique.

BAVINCHOVE. — La terre à clocher de *Bavinchove*, comme celles d'*Oudezeele, Hardifort*, etc.. étaient autrefois du domaine de la famille de Bryarde, seigneur de la Coye; c'est à cause de cette circonstance, très probablement, que ses armes sont à trois cors de chasse, comme celles de *Bryarde* qui portent : « *d'argent à trois cors de chasse de sable,* » *liés de gueules, virolés d'or, les embouchures à sénestre.* »

Il y a une différence entre ces armes et celles des *de Hornes*, anciens grands-baillis héréditaires de Cassel. Ceux-ci portaient *d'or, à trois cornets de gueules, liéz et garnis d'or.*

BOUSINGUES. — Terre et seigneurie de *Bousinges* au terroir de Cassel, *près Poperinghe*, possédée par *de Halewin*, et puis par ceux de *de Belle*, qui portaient : *d'or, à six clochettes d'azur, sur leur bannière.*(de Lespinoy, p. 136).

BUSCHEURE. — Les seigneurs de Buscheure (localité encore actuellement du canton de Cassel), étaient aussi seigneurs de *Ruscheure* (Renescure), de *Watten, St-Venant*, etc, tels furent messire *Colaert de la Clite*, chevalier, frère de Jean, seigneur de Commines en 1436. Ils portèrent de *gueules, au chevron d'or, à trois coquilles d'argent et bordure d'or*, (de Lespinoy, p. 88.)

COURTEWILLE. — La seigneurie et terre de *Courtewille* tenue en fief de la cour de Cassel, portait *d'argent, à trois trompes, liéz de sable.* (de Lespinoy, p. 315.)

Iolente d'Hazebrouck était issue de la famille de *Courtewille*, ainsi que messire *Adrian de Longueval*, seigneur de

1 Pl. VI, fig. 8.—Voir aussi dans *d'Hozier* les armes de P. *A. La Vieuville*, sire de Bavinchove, et celles de *J.-J. Capel*, seigneur de la Briarde : *d'hermines au fond de gueules*, comme *Staple*.

Vaulx, dame *Géline de Caestre, Guistelle - Ekelsbeke*, etc.

EKELSBEKE. — Terre et seigneurie d'*Ekelsbeke* au terroir de Cassel. (de Lespinoy, p. 135.)

Les seigneurs de cette localité ont été, pendant un temps, ceux de la famille de *Guistelle;* ils portaient leur bannière armoyée de *gueules, au chevron d'hermines, écartelé d'argent, à l'aigle double déployé de sable.*

HAESBROUCK. — La terre et seigneurie de *Haesbroucq*, séante au West-quartier, et non loin de Cassel, a été longtemps occupée par la noble famille de *Hauwel*, qui a produit de sages et valeureux chevaliers et écuyers, entre autres messire *Ingelram Hauwel*, conseiller du comte Louis de Nevers, en 1368.

Ils portoient : *de gueule, à une face fuselée d'argent, avec ou sans étoile en pointe.* (De Lespinoy, p. 139.) Leur cri était : *helpt god Haesbrouck.*

OXELAERE. — Le village, terre et seigneurie d'*Oxelaere-lez-Cassel*, était tenue en partie de ladite cour de Cassel et en partie du seigneur de Morbeke, comme du temps *Rogier d'Oxelaere*, en 1293.

Depuis, *Alix d'Oxelaere* apporta cette seigneurie à messire de *Sainte Aldegonde*, son mari. Elle appartint à cette famille jusqu'en 1363,[1] et fut ensuite acquise par un homme noble de Bourgogne, nommé *Guillaume de Normant*, écuyer qui rendit de grands services à l'empereur Maximilien d'Autriche et aux rois d'Espagne, vers 1482. Il fut vice-amiral de la cour de Flandre, receveur général et conseiller d'Artois et de Picardie, etc.

Les de Normant portaient *de sable, au chef d'azur, à un lion rampant, et billetté d'or sur le tout.* (De Lespinoy, p. 321, 322 et 323.)

1 L'Espinoy p. 321.

Les autres armes d'Oxelaere que nous avons rencontrées à Cassel, et que son petit musée possède, sont *échiqueté d'or et de gueules*. Légende · *Seigneurie d'Oxelaere*, sans date. Nous les croyons les dernières. (Voir planche VI, fig. 9.)

OCHTEZEELE. — *Ochtezeele* ou *Ochtensele*, ayant pour seigneurs ceux de *Zuytpeene*, leurs armoiries sont applicables à cette localité, qui ne fut pas sans importance judiciaire en d'autres temps.

PIENNES ou NORDPEENE. — La terre et seigneurie de Piennes, séante au terroir de Cassel, tient réputation, selon De Lespinoy, p. 136, d'ancienne bannière de Flandre, et a été possédée plusieurs siècles par ceux de *St-Omer* (comme Zuydpeene), et depuis par ceux de *Halewin*, et portèrent leur bannière *armoyée d'azur à la face avec dix-huit billets d'or*. Pl. 6, fig. 5.)

La *vierschaire de Peene* [1] appartient au souverain; mais c'est une espèce d'engagère en faveur du grand-bailli de Cassel, qui en nomme les officiers, et qui forme ce que l'on appelle la cour du *emback de Cassel*, qui ressort de la cour de Cassel, tant pour le civil que pour le criminel; c'est sur cette seigneurie que Mme *de Mortières* perçoit le droit de pontol. Les articles 8 et 483 de la coutume de Cassel, attribuent formellement ce droit au seigneur du lieu.

QUAESTRAETE. — La seigneurie de *Quaestraete-lez-*

---

1 Extrait du mémoire de procédure, pour messire Jules-Honoré de la *Planche de Mortières*, lieutenant pour le Roi au gouvernement de St-Omer, chevalier, seigneur de Zuytpeene, du chef de dame Marie-Françoise-Charlotte de *Male*, dite *Malineüs Pratz*, dame et vicomtesse de Zuytpeene, son épouse intimée, contre messieurs les grands bailli, nobles vassaux et hommes de fief de la cour, ville et chatellenie de Cassel.

Cette pièce de procédure, fort curieuse pour Cassel, est insérée dans les *Mémoires et arrêts*, Recueil 1, t. I, b. c. 4 de la Bibliothèque communale de Lille.

Cassel, ou de son Oost-quartier, paroisse Notre-Dame, portait les armes de ceux de Zuytpeene, à cause de *Germaine de Quaestraete*, mariée à *Gérard*, seigneur de Zuytpeene, et d'où sont nés *Waultier* de ce nom, et *Isabella de Peene*, qui épousa *Waultier de Briarde*, seigneur de La Coye, etc.

STEENVOORDE.— Le bourg, terre et seigneurie de *Steenvoorde-lez-Cassel* (De Lespinoy, p. 319), tenue en fief du comte de Flandre, de son chastel de Cassel, fut très noble terre dont quelques seigneurs se sont distingués dans les guerres, dès le XIe siècle, tels que Frumold, Eustache, etc.

Cette terre appartint depuis au seigneur de la *Brique*, et puis aux *Viefville*. Ceux de la noble famille de la *Brique* portèrent leurs armes de *sinople, à trois cigognes d'argent au naturel*.

TERDEGHEM.—La terre et seigneurie de *Terdeghem-lez-Cassel*, qui a appartenu, dans la suite des temps, à la famille de *Quienville*, etc., avait pour armes : *d'azur, à trois roses d'argent*. Au XIe siècle on l'appelait terre *d'Herdinge*, d'où est venu T'herdinghem et Terdeghem.

ZUYTPEENE. — Les seigneurs de *Zuytpeene* portèrent pour armoiries *d'azur, semé de six billets d'or, à une face d'or, chargée de trois annelets de gueule* [1], comme ceux de *St-Omer*, d'où cette famille descendait.

Voir, comme pour *Peene*, le mémoire cité à l'article concernant Noort-Peene. Ces deux territoires n'en formèrent, autrefois, qu'un seul, sous le nom de *Peene*. Cette terre fut divisée, depuis, entre frères, et les parties dénommées après, selon leur position, par rapport à la *Peene*, ruisseau qui va se jeter dans l'*Yser*.

Dans le recueil héraldique de *Charles d'Hozier*, conseiller du Roi et garde général de l'Armorial de France, l'on trouvera les blasons d'autres seigneuries, enregistrés à Cassel

---

1 Pl. VI, fig. 4. — De Lespinoy, p. 328.

Pl. VII

1. ✠ SROBTI DE FLAND DNI DE CASSELTO BARON ALLD E DE MONTMIRAL IN PTICO MILIT

2. ✠ OT SIGILLVM ROBERTI : DG : FL ANDRIA : MILITIS :

1322.

3. 1333.

4. S YOLANT DE FLANDRES COMITISS DE BAR et DE LONGUVILLE Z DAMA DE CASSEL

1380.

yolent

5. ✠ II RBS TOI a . . . DG EL aRDRS DODTESS . . . Z DAMA DE CASSE

1342.

6. ✠ YOLAT D+I A DG YS JONE . . . D ASSEL D BARIZ TOR

1360.

SCELS DE SIEGNEURS ET DAMES DE CASSEL

et que M. J.-J. Carlier a reproduits dans les *Annales du comité flamand de France*, tome II. Il faut en excepter les suivantes qui sont inexactes, quoique ayant été inscrites au bureau de Cassel[1].

Bleutour, Borre, Flêtre, Hoflande, Jumelles, de Kerkove, Kovestouve, Ledrezeele, Libaers - brugghe, Lignières (tenue de la cour de Cassel), *Linde, Messen - en - Eeck, Planck, Stienne, Straceele, Trevelande, Vicoulier, La Vostine, Walheslt, Merschelst, Wulverdinghe, Winne-zeele, Zuitouvers*, etc.

Nons avons pensé qu'il valait mieux s'arrêter à ces citations, plutôt que d'augmenter cet écrit par trop de répétitions, et la reproduction d'autres blasons secondaires de *seigneuries et de paroisses*, concernant Cassel. Ils ont, d'ailleurs, varié souvent, suivant leurs maîtres successifs : ce qui vient d'en être dit le prouve assez. Il est préférable, selon nous, de donner à présent quelques détails sur les sceaux et blasons des *seigneurs et dames de Cassel*, et sur quelques-uns propres aux souverains qui ont eu tour à tour le *territoire casselois* sous leur gouvernement. C'est ce dont nous allons nous occuper, mais sans trop de détails pour ne pas faire double emploi avec la publication prochaine de l'ensemble de nos *Recherches sur les Seigneurs et Dames de Cassel depuis le XIᵉ siècle.*

VII. ARMOIRIES ET SCEAUX DES SEIGNEURS ET DAMES DE CASSEL ET DE SES SOUVERAINS.

Nous commencerons par donner une liste chronologique des personnages, aux quels Cassel a appartenu, le plus souvent par héritage, en ayant soin de mettre en regard ceux qui furent attachés par alliance matrimoniale à ces seigneurs ou dames titulaires.

1 Voir *Annales du Comité*, t. V, p 145 et suivantes.

LISTE DES SEIGNEURS ET DAMES DE CASSEL

SEIGNEURS & DAMES DE CASSEL FONCIERS OU HÉRÉDITAIRES	DATE de leur avènement	SEIGNEURS ET DAMES, PAR ALLIANCE MATRIMONIALE AVEC LES TITULAIRES	
		HOMMES	FEMMES
Robert ou Geroleff de Bette dès avant	1070		
Cunégonde, sa fille, mariée à Michel de Harnes	1072	Michel de Harnes. 1	
Michel de Harnes II [1] . .	1133	. . . .	N. de Ninove.
Michel le junior. . . .	1151	. . . .	Mathilde de Bette et
Michel de Harnes, sire de Boulers I.	1161	. . . .	de Hasaca. Ada de Boulers.
Philippe de Harnes et de Boulers	1196	. . . .	Alix de Boulers.
Alix ou Alide de Boulers (comme tutrice) . . .	1199	Gilles de Trasignies (2me mari).	
Michel de Harnes et de Boulers II.	1204	. . . .	Christiane de Guines.
Jeanne de Constantinople Cse de Flandre . . .	1218	Fernand de Portugal Thas de Savoie (2mem.)	
Marguerite Cse de Flandre	1244	Guilllaume de Dampre	
Guy de Dampierre . . .	1280	. . , ...	Mahaut de Béthune.
Robert de Béthune. . .	1305	. . . .	Yoland de Bourgogne.
Robert de Cassel . . .	1320	. . . .	Jeanne de Bretagne
Jean de Flandre, mineur.	1331		(ensuite com. tutrice)
Yolande de Flandre. . .	1332	Henri IV, comte de Bar. Ph. de Longueville (2em)	
Robert, duc de Bar. . .	1396	. . . .	Marie de France.
Edouard III de Bar. . .	1411	. . . .	Blanche de Navarre.
Le cardal-duc Louis de Bar	1415		
Jeanne, comtesse de Marle	1430	Louis de Luxembourg connétable de France	
Réné d'Anjou, roi de Sicile	1437	. . . .	Isabelle de Lorraine.
Philippe-le-Bon, duc de Bourgogne	1445	. . . .	Isabelle de Portugal, (3e f. mère de Ch.-le-Tém.)
Charles-le-Téméraire. .	1467	. . . .	Isabelle de Bourbon,
Marie de Flandre, sa fille.	1477	Maximilien d'Autriche, puis comme tuteur de leurs enfants, et pendant la minorité de Charles V, d'abord roi de Castille, etc.	sa 2e femme, mère de Marie de Flandre.
Rois d'Espagne, descendants de Marie et de l'archiduc Maximilien, tels que :			
Philippe I	1482		Inutile de citer ici les
Charles-Quint.	1506	Marguerite, sa tante et	femmes de ces rois
Philippe II.	1555	sa sœur Marie, gouvtes	d'Espagne, et tous
Infante Isabelle-Eugénie.	1598	Archiduc Albert, époux de	ceux qui, pendant
Philippe IV.	1633	l'Infante, mort en 1621,	leurs règnes, gouver-
Charles II		comme Philippe III.	nèrent les Pays-Bas.

Après les Espagnols, maîtres des Pays-Bas, la châtellenie de Cassel, avec plusieurs de celles qui lui étaient contiguës, passa au pouvoir de la France, par les conquêtes de Louis XIV, et enfin par le traité de Nimègue de 1678, à la suite de la bataille de Peene au Val-de-Cassel.

(1) Michel II du nom, comme seigneur de Cassel

MAISON DE BETH. — Il est prouvé, par des documents déjà bien anciens et par des ouvrages modernes, que la maison de *Bette* ou *Beth*, alliée ou issue de l'illustre maison de *St-Omer*, possédait la seigneurie de Cassel au XIe siècle[1].

Cunégonde, fille de *Robert* ou *Gerold*, *Girolff*[2], de Beth, après la mort de son père, général de *Robert-le-Frison*, et tué à la bataille de Mont-Cassel en 1071, fut à son tour dame de cet ancien domaine seigneurial.

Ceux de Beth portèrent leur bannière armoyée *d'azur, à trois potences d'or, deux en chef, une en pointe*[3]. Nous reproduisons ici un *fac simile* du sceau de cette famille distinguée. Il est conservé aux Archives du Nord, à Lille, appendu à un parchemin[4] avec nombre d'autres de Flandre.

La dame de Cassel, *Cunégonde de Bette*, qui était aussi appelée la *châselaine*[5], *castelli domina*, épousa un *Michel de Harnes*, d'Escrébieux, pays d'Artois, non loin de Douai ; il était connétable de Flandre.

---

1 Antérieurement il n'y avait que des châtelains pour Cassel, les noms de quelques-uns nous ont été conservés. Ces châtelains furent tour à tour dépendants des comtes de Flandre et des seigneurs fonciers de Cassel : ils avaient aussi droit de justice.

2 Les auteurs varient sur le nom de ce personnage. Il est possible que ceux qui l'appellent *Robert*, l'aient confondu avec *Robert de Flandre*, seigneur de Cassel au XIVe siècle. C'est ainsi qu'ils se sont trompés en donnant aux de *Harnes* ou à la chatellenie de Cassel, à leur époque, les armes spéciales *au lion*, de *Robert de Cassel*.

3 De Lespinoy et autres héraldistes des Pays-Bas.

4 Pl. frontispice, fig. 1.

5 *Qui la requiert de cuer fin,*
Par ses proieres li aquiert
Ce que justement li requiert,
Chastelaine est, et avoée,
Du chastel et de la contrée.
                    DUCANGE.

MAISON DE HARNES. — Ce Michel de Harnes, époux de Cunégonde, et leurs descendants, avaient pour blason : *d'argent, à l'écusson de gueules* [1] (Escu dans l'Escu).

L'un d'eux s'unit aux *Boulers* en épousant *Ada* ou *Ode*, et depuis ils portèrent indistinctement soit le nom de *Harnes* ou *Harnis*, soit celui de *Boulers;* ou bien ils se nommèrent *Harnes-Boulers.*

Les *Harnes, sires de Boulers* étaient de puissants barons. La terre et seigneurie de Boulers était une des quatre *Béeries* de Flandre ; aussi leurs armes ou leur bannière, portant *écu de gueules sur escu d'argent,* étaient soutenues par un *ours* au naturel, tourné à dextre [2], pour faire allusion à leur titre ou dignité de *Beer,* ou tuteur de Flandre, dont le nom signifie *ours* en langue teutonique. Plusieurs générations de ce nom se succédèrent ainsi, avec ces titres.

Michel de Harnes et de Boulers, baron de Flandre, fils aîné de *Philippe,* marié à Christiane de Guines, possédait la seigneurie ou châtellenie de Cassel dès le commencement du XIIIe siècle ; et il fut le dernier seigneur de cette maison ; car ce connétable, personnage fort influent alors [3], la vendit ou l'échangea au profit de la comtesse de Flandre, *Jeanne de Constantinople* [4] ; ce fut en 1218 [5]. Dès lors, Cassel devint propriété foncière des princes de Flandre.

---

1 Pl. front., fig. 2, et pl. I, fig: 2 de Rennebourg, dit *d'or, à l'écu de gueules.*
2 Pl. frontispice, fig. 2 *bis,* d'après de Lespinoy.
3 Ph. de *Mouskes* en dit :

        « Et pour conseiller la comtesse,
        « Y vint Thomas de Lamprenesse,
        « Mikios de Harnes sans desroy. »

4 Voir aux Preuves, pièces N° II.
5 Nous donnons à la pl. front., fig. 3, le contre-scel de Jeanne, qui fut appendu à ses actes. Pour ce qui regarde M^{el} de *Harnes,* son sceau, qui

MAISON DE FLANDRE. — La seigneurie de Cassel passa successivement, par droit d'héritage et de testament, des mains de *Jeanne* entre celles de *Marguerite* sa sœur, puis à son fils, le comte *Guy de Dampierre*; et enfin, *Robert de Béthune*, le fils et successeur de ce dernier au comté de Flandre, en hérita à son tour.

Nous savons que les armoiries de ces princes étaient *Flandre nouveau*, c'est-à-dire *d'or, au lion de sable lampassé et armé de gueules* [2], comme celui de leurs ancêtres ou prédécesseurs, à partir de *Thierry d'Alsace*. Nous savons aussi qu'avant ce comte, les armoiries de Flandre étaient *gironnées d'or et d'azur*, dont le nombre des pièces a varié.

Nous dirons ailleurs, avec détails, que les diverses châtellenies et seigneuries, dont l'ensemble, fut appelé, dès le commencement du XIVe siècle, *Flandre la plus occidentale* (*Flandria occidentalis extrema*), ont été acquises successivement par des souverains de Flandre, et surtout par la bonne comtesse *Jeanne*, par sa sœur *Marguerite*, aussi prévoyante et aussi bienfaisante qu'elle, et par les comtes *Guy* et *Robert*, leurs successeurs. Ces nombreux domaines furent donnés, depuis, en apanage à *Robert de Cassel*, sans diminuer en rien l'ancienne Flandre proprement dite. Cette donation patrimoniale fut faite comme il suit : *Robert de Béthune*, 22e comte de Flandre, avait pour fils *Louis* dit de *Nevers*, et *Robert*. Il fit le partage de ses Etats entre eux deux dès 1320. Il donna à *Robert*, son puîné, le territoire de

est apposé à cet acte d'échange, est représenté pl. I, fig. 1. L'inscription porte : *Michaelis* de *Boulers. Constabular. Fland.* Quant à son contre-scel, il est à la planche frontispice, fig. 2. — *Secretum meum michi.* (Mon secret à moi?) Légende de beaucoup de contre-scels d'alors.

1 Pl. frontispice, fig. 3, comme exemple.

Cassel et toutes les châtellenies situées dans la Flandre la plus occidentale, à condition qu'il ne prétendrait jamais au comté de Flandre. (L'histoire dira s'il tint loyalement sa parole.) Comme la seigneurie de Cassel était la plus importante, et en même temps la clef protectrice du pays, par ses moyens de défense de premier ordre, alors, et par sa situation dominante, *(Locum ita naturæ munitum beneficio, et maleficio vix humanæ industriæ, ut vix possit expugnari* [1]), ce Robert prit le nom de *Robert de Cassel.* Ses armes furent celles de Flandre, avec la brisure spéciale de sa branche cadette ; c'est-à-dire que son blason était, *d'or, au lion de sable, armé et lampassé de gueules, avec une bordure engrêlée et componée d'argnet et degueules* [2].

De Lespinoy décrit la bannière de Robert de la même manière ; cependant la gravure qu'il donne, la représente avec *un engrêlé sans componné* [3] ; mais cette inexactitude est le fait du graveur, ainsi que l'a reconnu de Lespinoy lui-même.

Robert de Cassel en prenant possession de ses domaines de la Flandre occidentale et des côtes de la mer, depuis Gravelines jusqu'à Nieuport et au-delà, fit un acte d'allégeance envers le comte, et prêta serment à Ypres. Déjà, en 1322,

---

1 Sanderus : *voce Casletum.*

Mais.... *guerre a fait maint chatellet lait, — et maint bonne ville vile.*

2 Pl. frontispice, fig. 4. — De Lespinoy, p. 75.

3 Pl. frontispice, fig. 4 *bis.*

Nous reproduisons ici la figure de *la bannière au lion de Cassel de Robert de Flandre* et de ses descendants, telle que la donne de Lespinoy, p. 133 ; elle n'est pas exactement émaillée, comme le blason de Robert, dont il vient d'être parlé. Cela s'explique par ce fait que les graveurs sur bois de cet ouvrage sur les *armoiries de Flandre* ne se servaient pas de signes pour indiquer les émaux, ou s'en servaient souvent mal et d'une manière insignifiante. M. de la Phalecque l'a aussi fait observer dernièrement.

il était en pleine possession de Cassel, et l'on voit que dès lors, dans ses actes, il s'intitulait *sire de Cassel* (dom. de Casleto). La légende de son scel porte ce titre dès 1320,[1] et son contre-scel offre le même blason spécifié plus haut[2]. Il le porte sur ses vêtements, sur ses épaules, sur son bouclier, et même sur le caparaçon de son cheval[3].

Robert de Cassel (*cognomento casletanus*), baron d'Aluye et de Montmirail, etc., épousa, en 1323, *Jeanne de Bretagne*, fille unique du duc *Artur*. Le beau scel de cette dame de Cassel se trouve dans *Vredius*; il ressemble beaucoup à celui d'Yolent. Nous ne donnons ici que son contre-scel[4], où il y a parti *Flandre-Cassel* et parti *Bretagne-Dreux* : c'est-à-dire alors : *d'hermines* et *échiquier de Dreux*[5] (Dreux, au franc quartier d'hermines).

Du mariage de Robert et de Jeanne naquirent deux enfants : *Yolent* et *Jean;* celui-ci mourut assez jeune, mais il prêta néanmoins serment au comte de Flandre, à Ypres, après la mort de son père, comme seigneur de ces propriétés.

Robert décéda en 1331, à Warneston, où il fut inhumé. Sa femme devint tutrice de ses enfants et administra leurs biens jusqu'à la majorité de sa fille Yolent, c'est-à-dire jusqu'à son mariage avec Henri IV, comte de Bar; elle était alors à peine nubile; d'après son extrait de naissance, que nous possédons[6], elle n'avait que 14 ans.

Il existe aux archives de Lille de nombreux actes éma-

1 Pl. VII, fig. 1.
2 Pl. VII, fig. 2.
3 Voir le scel de Robert, pl. VII, fig. 1.
4 Pl. VII, fig. 3.
5 *Dreux : échiqueté d'or et d'azur, à la bordure de gueules.*
6 *Yolent* est née en 1326, le lendemain de l'Exaltation de la Ste-Croix, au *château d'Aluye en perche,*propriété de son père. V. pièces justificatives VIII.

nés de *Jeanne de Bretaigne*, comme dame de Cassel. Elle mourut en 1364 ; elle avait déjà, depuis longtemps, abandonné les affaires administratives de la Flandre occidentale et elle n'était plus alors que dame douairière. Nous en parlerons assez longuement dans notre *Travail historique sur les seigneurs et dames de Cassel.*

MAISON DE BAR.— *Yolent* ou *Yolande* de Flandre était devenue unique héritière des propriétés de Robert de Cassel par la mort de son frère. Elle épousa, en 1340, le *comte de Bar, Henri (Henris cuens barri),* mort en 1344; puis *Philippe de Navarre.* Elle fut dame de Cassel et des châtellenies voisines pendant près de 55 ans. Nous avons prouvé ailleurs, par des documents trouvés par nous, qu'elle mourut à son château de la Motte-au-Bois vers 1396. Durant sa longue carrière, si tourmentée, mais peut-être un peu de sa faute parfois, elle rendit célèbre le nom de *dame de Cassel,* par un grand nombre d'actes curieux, qui ont été conservés, et dont l'étude nous a été très profitable[1].

André Duchesne dit qu'Yolent, avant son mariage, portait comme armes *lion écartelé de Bretagne.*

Les sceaux d'*Yolent* furent riches et variés ; nous en connaissons au moins six.

Nous en donnons ici deux principaux exemples, avec leurs contre-scels, ainsi que la signature d'Yolent, dont nous avons, heureusement, trouvé un rare autographe.

L'un de ces scels est du temps de son second veuvage,

1 Voir aux archives départementales de Lille les papiers et cartons concernant la *dame de Cassel.*

2 Pl. VII, fig. 4.— *Nota.* Sur un arbre généalogique blasonné, que nous avons vu aux archives de la ville de Bar-le-Duc, Yolent a son écusson *d'hermines,* sans *Dreux* : c'est une erreur.

et vers 1380, on y voit qu'elle conserve les armes de la branche cadette de Flandre; elles sont unies à celles de Bar [1]; il en est de même pour son contre-scel [2]; l'on n'y oublie jamais son titre de dame de Cassel, à l'exclusion des seigneuries voisines plus secondaires.

Le deuxième exemple est un scel du temps de son union avec le comte de la Longueville (1352), qui portait *Navarre et lys barrés* [3], puisqu'il était fils cadet du roi de Navarre, Philippe III, dit le Sage [4]. Ce prince, devenu seigneur de Cassel, par son mariage, mourut en 1363.

Nous possédons nombre de documents sur la comtesse de Bar Yolende, de laquelle sont issus tant de princes et de rois, tels que le roi Réné, les Bourbons, et des reines de Sicile, d'Arragon, la célèbre *Marguerite*, reine d'Angleterre, etc.

A la mort d'Yolende, son fils *Robert* (créé duc de Bar dès 1352 [5], par dispense d'âge) hérita naturellement des domaines de Flandre et devint seigneur foncier de *Cassel*, *Bourbourg*, *Dunkerque*, *Gravelines*, *Bailleul*, *Motte-au-Bois*, *Pont d'Estaires*, *Nieuport* (Lombarts-Zyde),

---

1 Armes de Bar : *d'azur, à deux barbeaux ou bars adossés d'or, l'écu semé de croix recroisetées, au pied fiché de même.*

2 Pl. VII, fig. 5. Voir *Vredius* ou Oliv^r de Vrée, *Sigilla*, etc.

3 Pl. VII, fig. 6. De *Longueville : d'azur, semé de France, au bâton componné d'hermines et de gueules, mis en bande.* (Père Anselme, t. 1, p. 282.)

4 C'est ce roi de Navarre qui assista à la bataille de Mont-Cassel du 29 mai 1328, après laquelle *Philippe de Valois*, roi de France, l'embrassant, confessa *qu'il lui devait la victoire et la vie.* (P. Anselme.)

5 Mil trois cent cinquante-trois,
    Vint de Behaigne *(Bohême)* à Metz un roy. (a)
    En séjournant dans son repairt,
    Fit duc le comte de Bar.

Vers cités par dom Calmet.

(a) *Charles de Luxembourg*, roi des Romains et empereur.

etc. [1]. Ses armes de Bar, semblables à celles de son père, sont représentées à la pl. VIII, fig. 1, avec les tenants ou supports de l'écusson : *lion debout léopardé et couronné à dextre, et cerf, aussi debout, à senestre.*

Le duc de Bar Robert, *preux homme, sage et discret* (Monstrelet), épousa, en 1364, *Marie e France*, seconde fille du roi *Jean-le-Bon*, et de la reine *Bonne de Luxembourg.* Cette princesse, sœur de Charles V, devint naturellement dame de Cassel vers 1396. Son blason est placé à côté de celui de son mari [2]. Elle mourut en 1404, réputée pour son savoir et ses vertus.

De ce mariage naquirent six garçons et six filles. L'aîné de ces enfants fut *Henri*; mais une circonstance triste et injuste, pour les siens, fit que, ni lui ni ses descendants, ne jouirent du duché de Bar, qui devait leur revenir.

Henri *d'Oisy* [3], premier fils du duc Robert et marié à Marie de *Coucy*, le *chier aisné* de Marie, mourut en 1396, non loin de Venise, en revenant de Hongrie. Il avait été, avec de nombreux compagnons de France et de Flandre, combattre le sultan *Bajazet.*

Le duc son père, au lieu de laisser par droit héréditaire au fils de cet *Henri*, décédé si prématurément avec son frère *Philippe*, la transmission de son duché et de ses domaines tant dans le Barrois que dans la Flandre, etc., fit en 1399, de concert avec sa femme, une donation de ses biens et de ses titres ducaux en faveur d'*Edouard*, leur fils puîné,

---

1 *Bergues* venait déjà de passer à *Philippe-le-Hardi* par un arrangement fait avec Yolent; les circonstances en furent fort remarquables.

2 Pl. VIII, fig. 2. Armes de Marie de France : *d'azur, semé de lys d'or.* (Couronne royale.)

3 Ce nom lui vient de la seigneurie d'Oisy, près Cambrai, qui lui avait été donnée lors de son mariage.

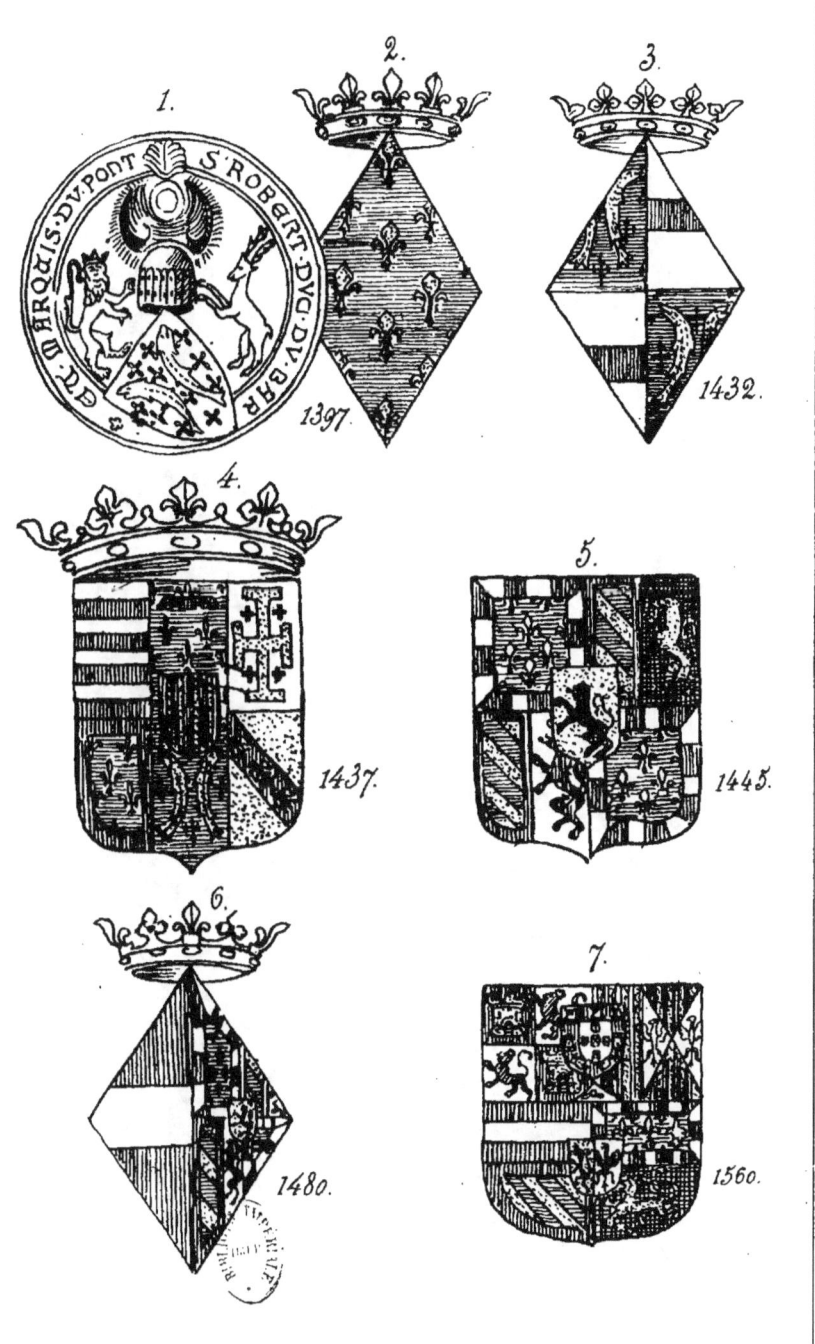

Pl. VIII.

1.

S⁺ROBERT·DVC·DV·BAR — QVI·M̃·ARQVIS·DV·PONT

1397.

2.

3.

1432.

4.

1437.

5.

1445.

6.

1480.

7.

1560.

BLASONS DE SIEGNEURS ET DAMES DE CASSEL

déjà nommé *marquis du Pont* [1]. Ils déshéritèrent ainsi, mais avec certaines compensations ultérieures, leur petit-fils , qui portait aussi le nom de Robert, avec les titres de *seigneur d'Oisy* et *comte de Marle*. Une transaction de 1408 lui laissa *Dunkerque, Bourbourg* et autres lieux

Par un acte de partage, le domaine de *Cassel*, la vaste *forêt de Nieppe*, et le château de la *Motte-au-Bois*, furent dévolus à *Edouard*, qui devint duc de Bar à la mort de son père, survenue en 1411 ; ce jeune prince porta les mêmes armes que lui, ainsi que le cardinal Louis, son frère.

Le nouveau duc *Edouard* [2] (Edoart dux de Bar) ne jouit

1 Les motifs spécifiés furent de donner à *Edouard*, qui était alors l'aîné de la famille, *un titre* avec lequel il pût paraître avec plus d'honneur à la cour de France, dont *Charles V*, son oncle, était alors le roi, puis auprès du *duc de Bourgogne*, aussi son oncle; titre enfin, qui pût procurer à ce fils un mariage plus avantageux.

Robert et *Marie* assurèrent ce titre en lui mettant en main leurs anneaux, en signe de consentement des deux partis. (Dom. Calmet)

Il est dit dans l'acte de donation en question : *Nous , de certaine science bien advisez, bien conseillez et par grande et meshure délibération de notre conseil, avons cédé et transporté, etc.*

2 Il existe plusieurs titres où Edouard de Bar s'intitule *Seigneur de Cassel*. Dans le testament qu'il fit peu de jours avant sa mort , le 7 octobre 1415 , il prend aussi ce titre. En voici un extrait :

« En nom de père , et du fils et du saint-esprit, amen. Nous Edouard duc
» de Bar, marquis du Pont, seigneur de Cassel , en notre bon advis, enten-
» dement, santé et prospérité du corps, comme bon fils de sainte-église,
» considérant . . . .

» Faisons et ordonnons notre testament et ordonnance de derreinne
» volonté des biens que nore Seigneur J.-C. nous a prêtez en cette mortelle
» vie, etc. »

Observation.—Nous avons cité ailleurs d'autres extraits de testaments : celui du *cardinal Louis* qui s'intitule *dominus Cassellensis* , et celui de la *duchesse Marie* qui se dit aussi exclusivement *dame de Cossel* ; ce qui prouve l'importance de ce domaine. Aussi n'avons-nous pas été surpris de voir les frères de Sainte-Marthe *(t. II p. 466, etc.)* appeler le partage de *Robert* : *Flandre-Cassel*, synonyme de Branche-Cadette.

pas longtemps de ces avantages un peu contestables, il fut tué, en 1415, le 28 octobre, à la malheureuse journée d'Azincourt, où il était allé avec *Jean* son frère (li dus de Bar et Jehans, son frère), pour combattre les Anglais : ils accompagnaient le roi de France *Charles VI*, leur cousin germain.

Après cet évènement déplorable pour la France, qui perdit à la bataille d'Azincourt la fleur de sa noblesse, le sire d'Oisy, *Robert de Marle*, avait de nouveaux motifs de prétendre au duché du Bar et aux domaines de Cassel, mais un autre frère de son père, *Louis de Bar*, cardinal et évêque d'abord de Langres, puis de l'évêché *comté-pairie* de Châlons-sur-Marne[1], s'empara sans droits particuliers, de ces biens et les garda jusqu'à son décès. Ce n'est qu'une année avant sa mort, survenue en 1431, que le cardinal-duc, par un remords de conscience, sans doute, donna par testament et comme faible restitution, à *Jeanne de Bar*, comtesse de Marle et de Soissons, fille de son neveu *Robert d'Oisy*, le domaine seigneurial de Cassel et de la Motte-au-Bois[2], en même temps qu'il laissa son duché à son petit-neveu René, dont nous allons bientôt parler.

Cette nouvelle dame de Cassel, qui était déjà dame de *Dunkerque, Bourbourg*, etc., épousa un peu plus tard, en 1435, *Louis de Luxembourg*, connétable de France[3]. De *Marie*

1 Le duc Louis écartela ses armes *de Bar* de celles de son *évêché de Châlons*.
2 Armoiries de *Jeanne de Bar*, pl. VIII fig. 3, *Bar et Béthune, d'argent, à la face de gueules*, à cause de *Jeanne de Béthune*, sa mère, vicomtesse de Meaux.
3 Armes de Luxembourg : *d'argent, au lion de gueules, la queue nouée, fourchée, et passée en sautoir, armé couronné d'or et lampassé d'azur*.
NOTA. — Les Luxembourg Saint-Pol, issus des seigneurs de Ligny, se distinguaient des autres branches par leur blason. Le lion est chargé *d'une croix d'or sur l'épaule*. (Voir le P. Anselme, *Sainte-Marthe*, etc.)

de Vendôme, leur fille , sont issus les rois de France de la branche de Bourbon, Henri IV, Louis XIII, Louis XIV, aussi seigneurs de Dunkerque, etc ; car *Antoine de Bourbon-Vendôme* (qui fut châtelain de Lille , puis époux de Jeanne d'Albret, fille du roi de Navarre), étant le petit-fils de Jeanne de Bar, Cassel aurait été destiné à avoir aussi l'honneur d'être un domaine privé des rois de France , comme les châtellenies voisines , grâce aux descendants de la comtesse Jeanne , si sa fille *Marie de Vendômois* en avait hérité , comme c'était d'abord probable ; mais la Providence en disposa autrement. Ce territoire passa de nouveau au comté de Flandre, et cela par les mains d'un autre prince de la maison de Bar, *René,* qui était roi également, mais de Sicile et de Jérusalem, etc., de sorte qu'il fallut que Cassel restât près de deux siècles sous une domination étrangère, celle de *l'Autriche* ou de *l'Espagne* , avant de retourner, après des guerres et des traités, à sa mère-patrie, la France.

René, duc d'Anjou, de Bar, et de Lorraine, fit en 1437 un échange avec Jeanne de Bar, sa cousine, et son mari *Louis de Luxembourg*, dont la fin fut si dramatique. Il devint possesseur de Cassel, mais ce fut à cause des exigences du duc Philippe-le-Bon , comte de Flandre , dont il était prisonnier de guerre, depuis 1431. Philippe avait mis pour condition de sa mise en liberté, outre une rançon exorbitante en argent, de recevoir de lui la *seigneurie ou châtellenie* de Cassel[1] ainsi que les domaines *du bois de Nieppe,* dont le château *la Motte-au-Bois,* riche propriété, fut

---

1 Voir notre *Discours historique sur Cassel,* lu à Cassel au Congrès archéologique de France de 1861, p. 55 et suivantes.

Les détails concernant cet échange, dont beaucoup sont encore inconnus, offrent un grand intérêt, comme toute l'histoire du roi René , ce loyal et vrai modèle de la chevalerie.

tant de fois, habité par de grands personnages [1], et où les *princes et princesses de Bar* séjournèrent longtemps [2].

Le *bon roi René* resta seigneur de Cassel pendant près de neuf années, et même longtemps après que *Monseigneur de Bourgogne lui eut quitté sa foy à Lisle en Flandre* (11 février 1436, ancien style).

Les circonstances de ce fait peu connu, ont été sommairement analysées dans notre précédent travail. Ici nous ne pouvons entrer dans d'autres détails curieux forcément réservés à une publication ultérieure.

[1] *Robert le Frison* et tant d'autres plus tard, telles que *Mathilde de Portugal* (la Royne Méhault), veuve de *Philippe d'Alsace*, qui reçut aussi Cassel et les domaines de Nieppe pour douaire ; puis *Béatrix*, fille du duc de Brabant et veuve de Guillaume, fils aîné de la comtesse Marguerite ; elle l'habita comme douairière après 1251.

[2] En 1381, *Marie de France*, duchesse de Bar, revint visiter la châtelaine *Yolent*, sa belle-mère. Des fêtes y eurent lieu pour elle et sa petite cour ; des Ménestrels et Trouvères de Flandre y chantèrent des lais d'amour, et *Eustache des Champs*, poète en ce temps à la mode, y fit une ballade dont nous reproduisons ici un fragment :

> « Madame y est de ce lieu souveraine
> » Jehanne de Bar qui est des fleurs de liz
> » De Hazebruch Yolent, ce m'est vis,
> » Et toutes ont gent corps et droit et bel ;
> » Dont qu'il d'amour vouldra estre ravis,
> » A Nieppe voit, près du Val de Cassel. »

> « Très doulces fleurs, d'amour puis et fontaine,
> » A vous se vient rendre Eustace Morel ;
> » Recevez lay (le), car qui veult vie saine,
> » A Nyeppe voit, près du val de Cassel. »

Nous savons que *Isabelle de Portugal*, veuve du duc Philippe, dit *Lebon*, s'était retirée au château de la Motte-au-Bois ; elle y mourut fort âgée, après y avoir fait aussi beaucoup de bien. C'est à elle qu'a été en partie dû le retour définitif de Cassel à la Flandre, par les négociations qui eurent lieu à Châlons en 1445, et où elle représenta son mari, qui lui avait conféré tous ses pouvoirs.

Le blason de René fait suite, pl. VIII, fig. 4 [1], à celui de *Jeanne de Marle* [2], qui lui céda Cassel, pour favoriser les vœux de ce bon roi, issu de sa race.

MAISONS DE BOURGOGNE, D'AUTRICHE ET D'ESPAGNE.

Si nous mentionnons ici ces maisons princières et souveraines, c'est seulement pour ne pas laisser de lacunes dans l'ordre chronologiques des possesseurs de Cassel. Les *ducs*, *rois*, *empereurs*, *archiducs* et *infantes*, à qui la châtellenie casseloise a appartenu par droit d'hérédité, après la cession faite par le roi René, n'ont jamais pris ostensiblement le titre de seigneurs de ce f eu, quoiqu'ils le fussent de fait; et je ne sache pas que beaucoup d'autres que *l'archiduc Albert* et la pieuse *Isabelle d'Espagne*, sa femme, aient écrit dans leurs é ts : *Notre seigneurie;* mais de nombreux documents prouvent assez avec quelle sollicitude ils s'occupaient tous de l'administration de la justice et des priviléges de cet ancien territoire, toujours célèbre.

Philippe-le-Bon [3], le créateur de l'ordre célèbre de la *Toison d'or*, s'occupa particulièrement de Cassel.

En mars 1456, par des lettres datées de Bruxelles, il délègue à son fils, *le comte de Charolais, le régime et gouvernement de la seigneurie de Cassel, avec appartenances et dépendances* (original en parchemin, Archives de Lille).

---

1 *René.* Tiercé au 1, de *Hongrie;* au 2, d'*Anjou-Sicile;* au 3, de *Jérusalem;* au 4, d'*Anjou moderne* ; au 5, de *Bar* ; au 6, de *Lorraine* (d'or, aux trois alerions d'argent, sur bande de gueules); et sur le tout, d'*Arragon*. (Couronne royale ou mixte.)

2 Pl. VIII, fig. 3.

3 Voir ses armoiries, pl. VIII, fig. 5.

Autre preuve: le 19 mars 1458, *Philippe-le-Bon* confère, à Bruxelles, la charge de bailli de la ville et châtellenie de Cassel à son amé et féal chevalier, conseiller et chambellan, messire *Louis de Ghistelle*. (Copie authentique.)—Nous aurions bien des pages à consacrer à de semblables citations; mais ce serait nous écarter de notre but actuel.

Nous possédons aussi nombre d'actes concernant cette localité, des successeurs du duc Philippe; ils feront le sujet d'un travail spécial. Il sera dit plus loin, quelques mots des *bannières de confréries* de Cassel instituées ou confirmées par eux. Nous donnons le dessin d'un fragment de bannière de cette époque [1].

Charles-le-Téméraire, fils de *Philippe-le-Bon* et d'*Isabelle de Portugal*, et sa fille la duchesse *Marie* de Bourgogne, aussi comtesse de Flandre, s'occupèrent de même de Cassel, mais moins de temps, car *Marie*, après la mort de son père, survenue en 1477 [2], s'unit bientôt, au grand mécontentement du roi de France *Louis XI,* à *Maximilien*, archiduc d'Autriche. Le blason de cette dernière est placé près de celui de son aïeul, le duc *Philippe* [3].

L'archiduc, par la mort accidentelle et prématurée de sa femme, gouverna, comme tuteur, la province de Flandre et les domaines souverains de la maison de Bourgogne.

---

1 Planche X, fig. 5.

2 *Charles-le-Téméraire*, dont le père avait été si cruellement injuste envers le roi Réné I, fut vaincu, à son tour par le fils de celui-ci, Réné II, duc de Lorraine. Il fut tué à l'âge de 44 ans, en fuyant, lors de la *bataille de Nancy*, en 1477. *René*, qui alla visiter, en cérémonie, le corps de ce dernier duc de Bourgogne, s'en approchant, lui prit la main en fondant en larmes, et dit : *Chier cousin, vos ames ait Dieu, vous nous avez fait moult maux et douleurs !*

3 Pl. VIII, fig. 6.—*parti Autriche ancienne* (de gueules à la face d'argent) et *parti Bourgogne-Flandre* comme aux blasons des rois Philippe et Charles, etc.

On sait que leur fils *Philippe-le-Beau*, par son union avec *Jeanne de Castille*, devint plus tard roi d'Espagne; dès lors la Flandre et Cassel firent partie de ce royaume dont les représentants étaient les gouverneurs successifs des Pays-Bas.

La mort non moins malheureuse de ce *Philippe I*er, roi de Castille, de la branche d'Autriche, fit que *Maximilien*, devenu empereur, fut chargé de nouveau de tutelle, mais cette fois de celle du jeune *Charles*, nommé plus tard *Charles-Quint*, et de sa sœur qui fut, pour lui, gouvernante des Pays-Bas pendant quelques années.

De l'empereur *Charles V* naquit le roi d'Espagne connu sous le nom de *Philippe II*[1], qui eut une fille appelée *Isabelle-Claire-Eugénie*. Cette infante se maria au prince-cardinal *Albert*, archiduc d'Autriche, qui avait obtenu dispenses. Elle reçut pour dot le gouvernement des Pays-Bas, qu'elle dirigea longtemps de concert avec son mari, et même après la mort de ce dernier; mais aucune postérité n'étant issue de cette belle union, la Flandre et les autres provinces catholiques des Pays-Bas retournèrent au roi *Philippe IV* d'Espagne, puis au fils de ce monarque, *Charles II*, qui lui succéda.

C'est sous ce dernier roi que Cassel, avec beaucoup de villes de la Flandre occidentale, devint propriété de la France par les conquêtes du grand roi Louis XIV, et les traités d'Aix-la-Chapelle et de Nimègue.

Obligé de marcher rapidement, pour remplir convenablement notre tâche, nous n'avons pu entrer dans aucun détail concernant les évènements marquants des périodes que nous

1 Voir le blason si compliqué des rois d'Espagne à la pl. VIII, fig. 7. Il est inutile de le décrire. (Voir père Anselme, t. I, p. 132.) Nous l'avons fait copier afin d'avoir au complet toutes les armoiries des souverains seigneurs de Cassel.

venons d'énumérer, et les personnages sous la domination desquels le territoire de Cassel fut tour à tour placé, en ces temps
déjà reculés; notre sujet d'ailleurs ne le comportait pas. Mais
nous ne pouvons nous dispenser de parler des bannières des
confréries de cette ville, instituées sous ces princes, et dont
les priviléges honorables et exceptionnels furent confirmés
par quelques-uns d'entre eux.

Après cette courte disgression qui, cependant, appartient
à notre plan héraldique, nous nous occuperons des sceaux et
médailles de Cassel, à partir de la seconde moitié du XVIIᵉ
siècle, et de ceux que de grands évènements postérieurs
firent naître, quand Cassel fut définitivement réuni à la France.

CONFRÉRIES DE CASSEL ET LEURS BANNIÈRES.

Les confréries qu'on appelait en flamand *ghilden*, instituées
à Cassel, dans ces derniers siècles, n'étaient pas uniquement,
comme on l'a dit, des réunions d'hommes qui s'assemblaient,
à certains jours, sous l'attrait de la sympathie et du plaisir,
pour s'exercer soit à l'arc, soit à l'arquebuse, soit à l'art
dramatique; elles ne faisaient pas seulement partie des cérémonies publiques, figurant dans les cortèges avec leurs
enseignes, leurs costumes variés, leurs tambours et leurs
drapeaux, comme les sociétés de *St-Sébastien*, de *St-André*,
de *St-Georges*, de *St-Roch* pour la rhétorique[1]; mais elles se
composaient de la plupart des défenseurs et gardiens immédiats

---

1 La *Société dramatique* de Cassel, dédiée à *St-Roch*, que l'on venait de
bien loin invoquer contre la peste, avait pour devise : *Vereende konstmin-*
nende. Cette ghilde jouait des pièces flamandes et des traductions des
meilleurs auteurs, tant anciens que modernes. Ces amateurs de poésie
remportaient souvent des prix aux concours voisins.—Les ghildes étaient,
du temps du despotisme espagnol, comme le refuge du *génie de la liberté*.

du pays flamand, c'étaient les combattants de l'avant-garde, lors des guerres de Flandre ; on les surnommait *de Voorvechters*.

Cela est prouvé par lettres de Philippe-le-Bon, datées de Gravelines, du 25 juin de l'an de grâce 1436[1]. Aussi les souverains leur accordèrent-ils, à différentes époques, des priviléges nombreux et exceptionnels, des uniformes, des blasons et des bannières spéciales.

Leur origine est très ancienne ; elle date du XIVe ou XVe siècle, probablement. En mars 1539, l'on ne donna pas les statuts de la confrérie de St-André de Cassel, mais le bailli et les échevins de cette ville lui confirmèrent les anciens en accordant des gratifications pour ses membres et ceux de *St-Sébastien, pourvu que leur blason soit pendant à la fenêtre de l'endroit où elles s'assemblent, et que ces sociétés s'exercent à tirer aux buttes selon l'ancien usage*[2].

L'empereur *Maximilien*, qui gouvernait la Flandre comme tuteur de son petit-fils Charles-Quint, au commencement du XVIe siècle, avait déjà, en avril 1512, accordé des avantages aux membres de la société ou confrérie des archers ou du jeu de l'arc en main, de *Monseigneur St-Sébastien*, tout en confirmant, sur leur prière, les lettres-patentes en leur faveur, émanées du *bon duc Philippe* (sic), du 5 février 1446 et 19 mars 1449[3]. *Maximilien* d'Autrichien leur accorde

---

1 Voir dans notre topographie de Cassel, pages 38 et 39. Lettres de *Philippe*, duc de Bourgogne, qui décide (avec considérants flatteurs) en faveur des Casselois, la question posée par eux, et ceux de Bailleul, à savoir lesquels devaient être à la tête dans les marches militaires du pays.

2 *Registre aux résolutions de l'administration de Cassel de 1586 à 1675. Disparu.* — Topographie de Cassel, page 50.

3 *Topographie de Cassel*, pages 44 et 45. Il y est dit : « Eu égard que notre dite ville de Cassel est située aux frontières de notre dit pays

permission de porter sur leurs robes et capperons la *livrée ou devise au fusil* avec la *pierre et étincelle de feu*, et *parmi ledit* fusil *deux flèches en croix St-André ensemble*[1].

En même temps, ou depuis lors, la confrérie de *St-André* (celle des arquebusiers) prit aussi cette devise, à l'exception toutefois des *flèches* qu'elle remplaça par une *croix de St-André* qui est aussi celle de Bourgogne. Le beau drapeau en soie qui la porte, également en rouge ou gueules, est encore conservé avec soin à Cassel. On le sort lors des grandes cérémonies et l'on se fait plaisir et honneur de le déployer, aux processions et au concours de la *cible*, ou de la *perche*.

Il est probable qu'avant ce drapeau, qui est du milieu ou de la fin du XVIIe siècle, peut-être, il y avait la bannière dont nous représentons un fragment à la pl. x, fig. 5. Cette pièce antique et curieuse, a été trouvée depuis peu d'années; elle devait appartenir aux arquebusiers et couleuvriers de Cassel.

Nous nous garderons bien de raconter les annales des confréries de Cassel, si intéressantes sous certains rapports. Il suffit de dire, en note, un dernier mot de cette devise toute historique, qui était personnelle au duc Philippe[2].

Nous terminons cet article en disant que les confréries de

» de Flandres, et que quand aucunes affaires surviennent, à icelui lesdits » suppliants (les confrères de jeu de l'arc) sont les premiers pour aider » à garder et défendre icelui, notre plaisir soit faire expédier nos lettres » patentes, etc. »

(Extrait de la lettre datée de Bruxelles, de *Philippe-le-Bon*, du pénultième jour d'avril de l'an de grâce 1511.)

1 Mêmes lettres. — Topog. de Cassel, pages 44 et 45.

2 *Philippe de Bourgogne* avait pris le fusil pour devise, après son père *Jean de Nevers*, qui était devenu duc de Bourgogne et comte de Flandre, avec la légende : *Lay emperains, je l'emprains, ou je le prends*, en réponse à celle que prit le duc d'Orléans, *je l'envoye*, avec qui le duc Jean était

St-Sébastien et de *St-André*, datant d'avant le milieu du XVe siècle, époque où des lettres-patentes furent délivrées en leur faveur, par le souverain de la Flandre, sont par conséquent antérieures à celle de *Monseigneur St-Martin* de Douai, que M. Pilate-Prevost dit être la plus ancienne de Flandres. Celle-ci ne date que du 18 septembre 1437.

FRANCE.

Les Espagnols, sous Philippe IV, étaient en possession de Cassel, en 1634, lorsque les hostilités commencèrent entre la France et l'Espagne. Cette guerre fut le prélude d'un état de choses qui, un peu plus tard, assura au roi de France, la possession de Cassel et de beaucoup d'autres places de la Flandre maritime.

Nous ne nous occuperons pas ici de la prise d'assaut de Cassel par le *duc d'Orléans*, en 1645 (premier évènement de la campagne de Flandre, commencée cette année), ni de la reprise de cette ville en 1651, par l'archiduc *Léopold*, gouverneur des Pays-Bas[1], qui fit restaurer les fortifications de Cassel[2]. Nous n'avons pas non plus à parler à présent des actions guerrières regardant cette localité sous

ennemi juré. De là aussi *les étincelles* et le *briquet* dits de Bourgogne, que Philippe prit pour orner son collier de l'ordre de la *Toison-d'Or*, et dont la présence se fait remarquer au milieu des deux fusils croisés de la bannière signalée plus haut. Les Espagnols n'ont pas abandonné cet emblème de famille.

[1] Nous préparons un travail spécial concernant tous les faits militaires qui se sont passés aux alentours de Cassel, et dont cette ville eut tant à souffrir. (Voir notre Topographie et le discours cité plus haut.)

[2] Le plan du château de Cassel est représenté très fortifié dans *Sanderus*, qui y a placé les armes d'Espagne. Ce qui prouve que ce furent les Espagnols qui en restaurèrent les remparts et le fort. Louis XIV ne fit qu'y ajouter quelques perfectionnements, lors de l'occupation ultérieure de Cassel par la milice française.

l'illustre *Turenne*, qui s'en empara, en 1658, ainsi que d'autres villes de la *West-Flandre*, depuis peu redevenues au pouvoir des Espagnols. Nous ne devons parler ici que des *médailles* frappées en l'honneur du duc d'Orléans, après la bataille, si glorieuse pour lui, dite de *Peene* ou du *Val de Cassel*, qui se livra en 1677, le 11 avril, dimanche des Rameaux, dans la plaine de Peene, contre les Hollandais et les Espagnols réunis.—*Charles II* était alors roi d'Espagne.

Le duc d'Orléans, *Philippe de France*, frère unique de *Louis XIV*, étant sorti des lignes de siége de Saint-Omer, pour venir au devant des ennemis, défit ce jour (à trois kilomètres de Cassel, près du ruisseau de la *Peene* et notamment vers l'endroit où la *Lynke*, alors débordée, s'y jette) toute l'armée de *Guillaume de Nassau*, prince d'Orange, depuis roi d'Angleterre, qui, avec 35,000 hommes, allait au secours de Saint-Omer assiégé. Les Espagnols occupaient cette place forte.

Après cette bataille, c'est-à-dire l'année suivante, la paix fut faite ; le territoire cassellois et le pays environnant, restèrent définitivement à la France, comme on le sait, par le traité *de Nimègue*, qui fut l'acte décisif du dernier partage des Flandres.

Le souvenir de cette victoire éclatante fut illustré particulièrement au moyen de médailles frappées en l'honneur du duc Philippe. Nous en possédons trois espèces, mais sans affirmer que ce soient là les seules. Beaucoup d'historiens de cette époque les ont représentées dans leurs écrits, et entre autres *G. Vanloo* [1] et le *P. Ménetrier* [2]. L'une de ces mé-

1 *Gérard Vanloo* : Histoire métallique des XVII provinces des Pays-Bas, traduite du Hollandais.

2 Le père *Ménetrier*, savant héraldiste, a donné une histoire des médailles frappées à l'occasion des principaux évènements du règne de Louis XIV.

dailles, frappée à ce sujet, et que nous représentons pl. IX, fig. 1, nous montre la face en profil de Louis XIV[1]; au revers on voit le *duc d'Orléans* qui présente au roi une palme ; le monarque lui met sur la tête une couronne de lauriers en récompense de sa valeur et de ses habiles dispositions pour la bataille. Pour légende il y a :

VICTORIA AD CASTELLUM MORINORUM. MDCLXXVII.

Le jésuite Claude-François *Ménetrier* (dans son histoire du roi Louis le Grand par les médailles, etc. Paris 1691), donne à sa planche XI, une autre médaille dans le même genre pour Cassel, en souvenir de la bataille de 1677. Elle est d'un diamètre semblable à celui n° 2 de notre planche IX.

Cette belle pièce, où Louis XIV, qui tient le timon de l'Etat, couronne aussi son frère le duc d'Orléans (habillé à la romaine et casque en tête), a pour légende :

PRÆBENTE COPIAS ET FORTUNAM SUAM REGE.
(Avec les troupes et la fortune du Roi).

Sous les pieds de ces princes il y a :

VICTORIA AD CASTELLUM MORINORUM. MDCLXXVII.
(La victoire de Cassel en 1677).

Une troisième médaille très-remarquable a été frappée à cette occasion. Nous l'avons reproduite planche IX, fig. 2.

Elle se trouve dans le bel ouvrage de *Vanloo*, t. III, p. 216.

[1] Nous avons jugé inutile de reproduire ici les faces des médailles; d'ailleurs le défaut de place aux planches ne nous le permettait pas.

D'un côté est représenté le buste du duc Philippe, en cuirasse, avec cette légende :

PHILIPPE DE FRANCE, DUC D'ORLÉANS.

Au revers on voit le combat qui fait le sujet de la médaille, les armées, leurs bannières et les ruisseaux qui les séparent encore; le mont de Cassel est à l'horizon. Les mots suivants entourent le revers de la médaille :

PUGNA AD CASSEL [1], 1677.

L'exergue contient, outre les lettres initiales du graveur, l'inscription suivante :

VIRTUS. DUCIS. FORTIS [2].

La bravoure de notre vaillant général.

Le traité de paix de Nimègue, l'une des conséquences de cette bataille heureuse pour la France, fut signé avec les puissances coalisées. Celui avec le roi d'Espagne, fut conclu le 17 septembre suivant; Louis XIV en dicta les conditions; il fut convenu qu'il garderait, Aire, Saint-Omer, Ypres, Cassel, Bailleul, Poperingue, etc.

Le roi de France immédiatement après cette paix, s'occupa des administrations communales et judiciaires des pays de Flandres qu'il avait acquis. Cassel et les territoires environnants firent, dès lors, partie du ressort du conseil souverain ou *Parlement de Tournai*, où les sentences du Pays-Bas se

---

1 et 2 Les terminaisons *LVM* et *SIMI* sont ici sous-entendues.

Une autre médaille, un peu plus grande que celle citée en premier, dans le texte de cette opuscule, est celle où la *ville de Saint-Omer* (sous forme allégorique, agenouillée et suppliante, avec ses armes *à double croix*) se rend, *par la victoire de Cassel*, qui y est représentée ailée, et portant en planant, d'une main une palme et de l'autre un faisceau avec boucliers et casque cuirassé.

Légende du revers : VICTORIA CASTELLENSIS PRÆMIUM.

jugèrent en dernier ressort (en vertu d'un édit d'avril 1668)[1], jusqu'à l'érection du baillage et siége royal d'Ypres, établi pour la Flandre flamingante, par édit de mars 1693. Mais lorsque les Français évacuèrent Ypres, en 1713, et lorsque cette ville fût rendue à la maison d'Autriche, en exécution du traité d'Utrecht, le tribunal d'Ypres fût transféré à Bailleul.

Par l'édit de 1774, la juridiction dite des *Vierschaeres de Cassel* fût réunie à la noble cour de Cassel [2] ; on en apploit aussi à Bailleul, ainsi que nous l'avons déjà dit.

Ce tribunal s'appelait *présidial;* toutes les sentences des cours secondaires des châtelleines de *Cassel, Bergues-Saint-Winoc, Furnes* et *Bailleul*, étaient sous sa juridiction, et ce Baillage royal jouit des mêmes prérogatives judiciaires et autres que celles d'Ypres ; cette juridiction y resta en vigueur jusqu'à la révolution française.

De ce présidéal [3] qui a laissé aussi de nombreux souvenirs distingués dans la Flandre la plus occidentale, sortissaient beaucoup de localités et d'elles relevaient nombre d'autres.

A la séance du 4 août 1789, les membres du clergé et de

1 C'est ce qui explique la présence du sceau de la cour de justice, ou tribunal suprême de *Tournai*, à certains actes concernant Cassel, aux archives de cette ville (pl. IX, fig. 3). Il était aux armes de France soutenues par deux anges debout, avec légende spéciale.

2 Cet édit porte suppression de la charge de *Grand-Bailli et des Vierschaeres*, et nomme, dans chaque village un Hofman et deux assesseurs chargés de l'administration de la paroisse. Les fonctions *d'Hoofdman* (homme chef) et son titre sont à comparer à ceux de *Syndic de la communauté.*

3 Nous ne donnons pas ici le dessin du scel de la *cour de Bailleul*, cela n'entre pas dans notre cadre. Cependant nous ne pouvons nous empêcher de dire que les armes de Bailleul sont : *de gueules, à la croix de vairs*, comme à la bannière de ses *anciens chatelains* et les armes que portait sur son *blason, comme sur son surtout et ses épaules* (en Saultoir), le *Maerscalck-Belle*, le Maréchal héréditaire de Bailleul. Elles ne peuvent donc pas être armoriées : *d'azur, avec croix à clochettes*, comme on les voit actuellement sculptées au perron de l'Hôtel-de-Ville de cette localité aussi très-historique.

la noblesse renoncèrent aux droits féodaux et aux justices seigneuriales. L'abolition en fut donc prononcée, et la désorganisation des châtellenies accomplie ; dès lors une nouvelle ère commença pour notre pays.

Quand le couteau de la guillotine eût tranché la tête du roi Louis XVI, et que la monarchie eut définitivement fait place *à la République*, les sceaux aux armes de France disparurent, et l'on vit succéder à celui de la société des *Amis de la Constitution* de Cassel qui, en 1792, maintenait encore l'ordre, (ce qui fait la force par l'union, selon sa devise : *Concordia res parvæ crescunt*[2]), d'autres sceaux tout à fait républicains :[3] — de *patriote l'on était devenu révolutionnaire...*

Nous ne plaçons ici ces sceaux que comme mémoire, ne voulant, en aucune façon, réveiller de tristes souvenirs dans les familles casselloises, dont les unes eurent beaucoup à gémir d'iniquités sans nom ; et d'autres, au contraire, à rougir de cette époque de passions effrénées ; il en existe encore des traces nombreuses,[4] dont l'histoire s'emparera plus tard, sans nul doute, quand le temps le permettra d'une manière tout à fait opportune.

Dieu ne voulut pas laisser longtemps la France sous les coups d'une cruelle oppression et d'un désordre destructeur ; bientôt l'*Aigle Impérial*[5] vint remplacer le *bonnet rouge des clubistes et des sans-culottes,* d'affreuse mémoire, et mettre fin à un état de choses déplorable et impie, par ces lois d'ordre, de paix et de régénération qui couronnèrent, heureusement, le commencement du 19e siècle.

1 Pl. IX, fig. 3 et 6.
2 Pl. IX, fig. 5. Cette devise était celle qu'avait, en 1566, la République des Provinces-unies. (Pays-Bas).
3 Pl. IX fig. 7 et 8 (ans 2 et 6 de la République)
4 Voir aux pièces justificatives, à la fin des notes.
5 Sceau de la Mairie de Cassel du premier empire. Pl. IX fig. 4.

VIII. — SCEAUX ET ARMOIRIES DES CHAPITRES ET CONGRÉGATIONS RELIGIEUSES DE CASSEL.

Chapitre de la collégiale de St-Pierre, et ses sceaux.

L'église collégiale de St-Pierre de Cassel fut bâtie sur la partie méridionale de son *château-fort*. Elle est fondée par *Robert-le-Frison* (de Vries), comte de Flandre[1], peu d'années après la victoire de 1071, remportée par lui, au bas de la montagne, sur Philippe Ier, roi de France, et de la comtesse Richilde, mère du jeune et malheureux comte Arnould.

Ce fut en 1076 que cette église fut fondée ou construite sur l'emplacement d'un autre édifice de siècles antérieurs, nommé église de St-Sauveur. Aussi on l'appela longtemps église de St-Pierre et de St-Sauveur *(fondavit illam sub tutela divi Petri in honorem S.-Salvatoris)*.

Un chapitre fut établi en 1085 pour cette collégiale[2], dans le quartier des *Ménapiens*; il fut immédiatement soumis au St-Siége apostolique. Il était de vingt chanoines[3], parmi lesquels il y avait sept prêtres, six diacres et sept sous-diacres, avec un nombre variable de vicaires. Les prébendes étaient conférées tour à tour par le pape et le prévôt[4] *(proost)*.

[1] *Robertus Frisius, comes Flandriæ, memor victoriæ acquisitæ ad annum 1071, in pugna Bavinchoviana, prope Casletum.*

[2] *Collegiata S.-Petri Casletensis.* (Voir aux pièces justificatives N. 1.)

[3] Voir aussi lettres de l'official de Térouane, de 1273 (octobre, 4e férie après la fête de St-Luc), qui contiennent celles de la fondation de ce chapitre faite en 1085, par Robert-le-Frison. (Archives du Nord, *Invent. des Chartes*, t. III, p. 1807.)

[4] M. Le Glay, dans son *Cameracum christianum*, p. 22 et suiv., cite les prévôts *(Prepositi)* de ce chapitre collégial, lesquels sont presque tous des hommes sortis de familles de première distinction, tels que Baudoin de Fiennes, 7e prévôt de St-Pierre de Cassel, 1376; A. de La Lamy, 1535; François de Montmorenci, comte d'Estaire, 1605; Louis de Croy, 1636; Eu-

Le chapitre de l'église collégiale exempte de St-Pierre de Cassel portait : *d'or, à deux clefs adossées, de sable, posées en pal* [1]. Il en a déjà été question au paragraphe IV. Nous devons nous occuper en ce moment de ses sceaux.

Le premier scel que nous connaissons de ce chapitre religieux d'ancienne renommée, est en partie effacé ; il représente St Pierre assis, tenant de la main droite deux clefs emblématiques adossées et en pal, (comme au blason du chapitre), et de senestre, peut-être un lis, comme au petit sceau fig. 3 de la même planche X. Nous avons trouvé ce scel appendu à un acte de 1236 [2]. Son contre-scel [3] représente St Paul lisant, assis et placé de côté. Le sceau suivant [4] représente St Pierre assis de face sur un trône, tenant de la main senestre les clefs, et ayant de côté, près de lui, une fleur de lis posée sur une longue hampe plantée dans le sol. La légende est : *Sigillvm ecclie Sn. Petri. Casleten, ad cav. (sas)*. Le travail indique assez le XIIᵉ plutôt que le XIIIᵉ. Les caractères en sont gothiques. Ce scel, dont nous possédons une empreinte coulée en métal, nous a été communiqué par M. Verly, zélé archéologue à Lille. Elle a été prise sur une matrice qui est maintenant entre les mains de M. le professeur Maignien, à Paris.

Ce scel a quelque analogie avec le sceau de la ville de Bergues *(Bergis)*, de cette époque ; il représente un St Pierre assis, portant clef à double penneton de la main gauche, et

gène de Bette, 1675 ; Arthur-Augustin Mac-Mahon, 1682 (sans doute de la famille de l'illustre maréchal M. le duc de Magenta), qui succéda à un autre noble irlandais du nom de Mac-Wyher.

1 Pl. X, fig. 4, et pl. I, fig. 6.
2 Charte du chapitre de St-Pierre, des archives du dép. du Nord.
3 Pl. X, fig. 1, et son contre-scel.
4 Pl. X, fig. 3.

Pl. X.

SCEAUX DU CHAPITRE DE St PIERRE &ª

à la main droite un lis : M. Piot en a fait mention. Pourquoi ce lis sans étamines se trouve-t-il sur le sceau du chapitre de Cassel fondé par Robert-le-Frison? Il est vrai que, selon M. Lelewel [1], les *lis furent le partage de presque toutes les monnaies de la Flandre méridionale*, mais nous ne pouvons nous expliquer ni l'origine, ni les motifs de la présence de cet emblème royal sur le scel du chapitre de St-Pierre de Cassel à un temps aussi reculé.

Cette église de St-Pierre, (selon Sanderus et M. Le Glay, son traducteur, pour cet article du *Cameracum christianum)* était exempte et immédiatement soumise au St-Siége. Cette exemption, sanctionnée d'abord par le roi de France Philippe 1er, le fut ensuite par d'autres souverains et même par plusieurs papes, qui ont donné des bulles expresses à ce sujet, notamment Innocent III et Innocent IV. Plusieurs évêques de Térouane, notamment Gérard, Adam, etc., ont également ratifié ce privilége. Le diplôme de Philippe, roi de France, commence ainsi : « Moi, Philippe, roi des Francs [2] »; et à la fin, l'exemption est exprimée en ces termes : « Et de
» même que l'abbaye de St-Vaast d'Arras, fondée par l'illustre
» roi Théodoric, est reconnue exempte de la supériorité de
» l'évêque de Cambrai, de même nous voulons que celle-ci, en
» vertu des ordres souverains de notre majesté, soit exempte
» de l'évêque de Térouane.» Et après le seing du roi : « Ce fait
» à Nesles, l'an du Seigneur 1085, du règne du roi Philippe,
» le 24, indiction 8. »

Nous donnons ici, aux Preuves, pièces du N° 1, un sommaire d'acte de Philippe d'Alsace. Un autre diplôme émané de la

---

1 *Numismatique du moyen âge.* Paris, 1835.
2 *Ego Philipus, Francorum rex.*

reine Mathilde, comtesse de Flandre, sa femme, en 1206, a aussi rapport à ce chapitre.

Pour preuve de la splendeur de cette église, nous rappellerons que toutes les fois qu'un comte de Flandre faisait sa première entrée à Cassel, le clergé de la ville s'avançait hors des murs, et venait au devant de lui, processionnellement, pour le conduire à l'église collégiale. Lorsqu'on était parvenu au lieu dit les Quatre-Meulen (4 Moulins), le prince, en sa qualité d'avoué immédiat, prononçait le serment accoutumé, jurant de conserver et de maintenir les droits et priviléges du chapitre de l'église de St-Pierre, aussi bien que ceux de la ville et de la châtellenie [1], suivant les termes de la formule.

Le chapitre de St-Pierre de Cassel possédait beaucoup de domaines et de rentes. Nous dirons seulement, pour exemple, qu'il avait des droits sur le tonlieu de Cassel, sur des biens d'Oxelaère, de Poperingue, etc. La seigneurie de Terrelandt, située dans la châtellenie de Bergues, avec sa juridiction foncière, appartenait aussi à St-Pierre [2].

Pour terminer le *sommaire* de ce qui a rapport au chapitre de la collégiale de St-Pierre de Cassel, disons un mot de *Robert-le-Frison,* dont les cendres reposèrent si longtemps (plus de six cents ans) dans la crypte de cette église.

On sait que ce prince mourut en 1093, au château de Wynendale, en Flandre, à peu de lieues de Cassel. Il fut enterré et son corps reposa pendant près de deux siècles dans la chapelle des sœurs hospitalières augustines de Cassel;

1 *Nec non Castellaturæ ac civitatis.*
2 Pour le Chapitre de St-Pierre de Cassel, consulter Aubert Le Mire, *Miræus,* t. 1, p. 1182, t. II, p. 1298, 1102, 1162, 1213, t. IX, p. 157; *Invent. de la Chambre des Comptes de Lille,* t. 1, p. 68, 139, 367, 381, t. III, p. 55, etc. Voir aussi *Sanderus, Le Glay,* de *St-Genois,* etc.

une partie de ses cendres furent transportées dans le caveau ou crypte de la collégiale de St-Pierre, fondée par lui ; l'on y érigea un modeste tombeau avec une pierre tumulaire représentant un guerrier armé et vêtu de sa cotte de mailles, et sculpté en demi-bosse, dont l'exécution paraît remonter au temps de Philippe d'Alsace. On lisait l'épitaphe suivante, en lettres rouges, sur l'un des côtés du monument :

« Anno Dominicæ Incarnationis MXCIII, obiit comes Flan-
» drensium Robertus Frisius Jerosolymitanus, qui hanc ec-
» clesiam fundavit anno MLXXII, mense novembri et fuit re-
» positum corpus dicti comitis in isto loco anno CICCCLXXXI
» (1281). Requiescat in pace et lux perpetua luceat ei. »

Ce curieux tombeau, est aujourd'hui tout à fait détruit, il n'en reste plus qu'un débris du couvercle, recueilli depuis peu à la mairie. M. De Baecker en a fait la description et dirigé le moulage. Il fut profané en 1793, et les cendres de Robert, bienfaiteur de Cassel, jetées dans un égout.... A ce moment, l'on y a trouvé, dans une boîte renfermant des fragments d'os, une *médaille en or,* sur laquelle étaient représentées les deux clefs en pal (pl. X, fig. 4), comme au blason du chapitre. C'est sans doute le prévôt qui l'y avait placé lors du dernier transférement des cendres du comte, et en souvenir de reconnaissance. (Voir notre *Topog. de Cassel,* p. 80 et suiv.)

Chapitre de Notre-Dame.

Nous ne pouvons nous étendre sur cet article, ainsi que sur les suivants, comme nous le voudrions, sans dépasser les limites dans lesquelles nous sommes obligé de nous restreindre. Nous dirons seulement que l'église *Notre-Dame* de Cassel, fut fondée en 1290; elle était collégiale, avant la Révolution, avec douze chanoines. Ce chapitre avait pour armoiries « *d'argent, à une Notre-Dame*

» *de carnation, couronnée d'or, vêtue de gueules et d'azur,*
» *tenant sur son bras senestre le petit jésus de carnation,*
» *estant assise dans une chaise antique d'or, et ayant sous*
» *elle un carreau de pourpre houpé d'or* [1]. »

Une statue semblable était autrefois placée au-dessus de la porte de l'ancienne sacristie de l'église Notre-Dame. Aujourd'hui elle est reléguée, toute barbouillée de blanc, dans une chapelle près de la porte et l'ancienne route de Bergues. Nous nous rappelons l'avoir vue, il y a cinquante ans, avec ses belles couleurs héraldiques.

Nous donnons ici le dessin du sceau de ce chapitre, placé sur un placard en papier découpé [2], tel qu'il se voit sur un acte émanant de cette collégiale. En le reproduisant nous n'avons d'autre but que d'empêcher la disparition du dernier souvenir, peut-être, de cette institution religieuse : Les Casselois y étaient fort attachés.

Un autre scel ayant rapport à l'église Notre-Dame de Cassel est celui de la confrérie ou solidalité de la Sainte-Vierge [3], qui nous a été obligeamment communiqué par M. Waquernie ; ce sceau porte pour légende : *Sigillum sodalitatis B. M. Virginis natæ, casleti.* Il est facile de voir par le dessin, qu'il est bien conservé.

Cette confrérie de l'*Immaculée-Conception* a été autorisée par décret de *Martin Pratz*, évêque d'Ypres, le 29 novembre 1666.

Ce furent les PP. Récollets qui l'établirent dans la chapelle de leur église. — Le pape Alexandre VII accorda des

1 Planche XI, fig. 1. Ce gracieux dessin a été copié sur l'original par M. A. Bafcop, professeur de dessin à Cassel.
2 Pl. X, fig. 2.
3 Pl. XI, fig. 3.

Pl. XI

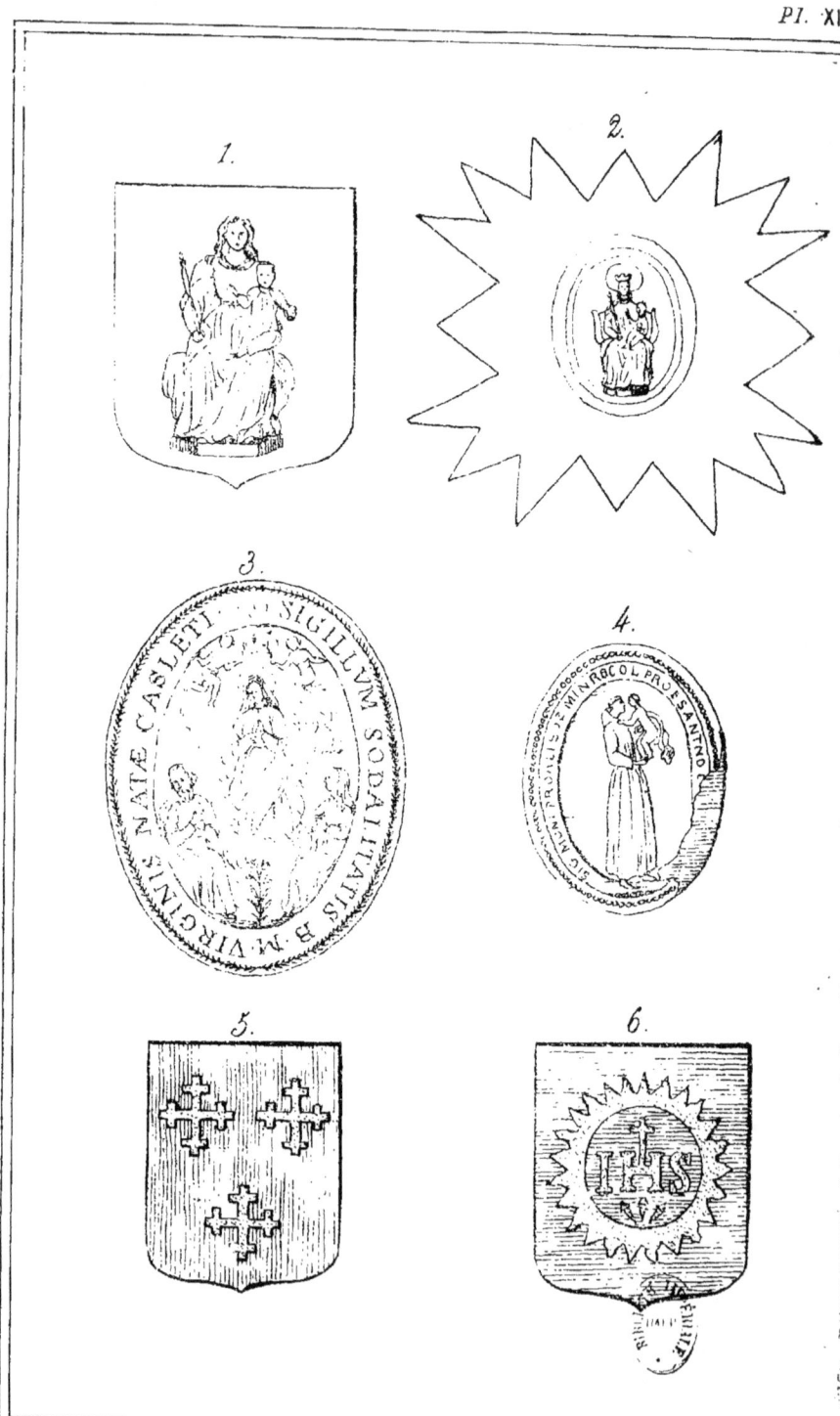

1.

2.

3.

4.

5.

6.

AUTRES SCELS RÉLIGIEUX DE CASSEL.

faveurs spirituelles à toutes les personnes agrégées à cette sodalité; en même temps qu'il privilégia, par bulle, l'autel de la bienheureuse Vierge Marie, du couvent; les papes Urbain VIII et Benoît XIII lui accordèrent aussi des priviléges.

Frères Récollets de Cassel.

De cette institution religieuse et bienfaisante, nous ne dirons que quelques mots, car nous avons présenté, il y a peu de temps, au *Comité flamand de France,* un opuscule historique sur ce sujet, qui est destiné à être publié séparément. Le sceau des Récollets représenté à la pl. XI [1], appartenait à leur couvent ou bien, peut-être, à la province de St-Antoine d'Artois, dont les frères susdits faisaient partie, en dernier lieu. Le scel de cette province était *semée de lys avec un Saint-Antoine de Padoue,* patron de son ordre.

Louis XIV en 1679, les incorpora à l'Artois par un édit. Antérieurement à ses conquêtes dans la Flandre, les Récollets de Cassel étaient sous l'invocation de St-François d'Assise de leur province des Pays-Bas. Ces *Franciscains* habitèrent d'abord, et dès 1619 [2], le mont *d'Escouffle* ou des Vautours, *Mons vulturum* : Wouwenberg (Uwenberg par corruption), situé lez-Cassel et qui fut appelé, dès le XVIIme siècle, à cause d'eux, Mont des Récollets. Ce n'est qu'après le départ des PP. jésuites, par édit royal de 1764, que ces frères arrivèrent du mont voisin à Cassel ; ce fut partiellement dès 1778. Ils prirent possession du couvent délaissé, sur l'invitation du magistrat et de la cour, (autorisés par le roi en 1780), à la charge d'y continuer l'enseignement humanitaire et leur

[1] Pl. XI, fig. 4.
[2] Après y avoir été précédés par des Ermites, des avant 1580, reconnus par bulle du Pape Paul V qui y dit *Mons vultur* :

mission évangélique en faveur des habitants de la ville et de ses environs[1].

Pères jésuites de Cassel.

Les jésuites s'établirent dans cette ville vers 1614; l'église de ces religieux, qui existe encore, date de 1687. A côté, était leur collége où des chaires furent occupées, par des professeurs distingués pour l'enseignement des humanités.

Les jésuites de Cassel avaient pour armoiries : *d'azur, à un nom Jesus d'or, soutenu de trois clouds (cloux) de la Passion apointez, et le tout entouré d'un cercle rayonné de même* (d'or)[2], comme les RR. PP. de Bergues. Ces armes se voient encore sculptées en haut de la façade de leur ancien édifice, située derrière celle de Notre-Dame. Il est converti, actuellement, en école bien utile, des frères de la Doctrine chrétienne, après avoir été longtemps un magasin aux fourrages du général comte *Vandamme*.

Les RR. PP. jésuites quittèrent Cassel lors de l'édit du roi Louis XV, confirmant la dissolution de leur Société, arrêtée par le parlement; ce fut le 26 novembre 1764. Ils avaient séjourné dans cette ville près de 150 ans [3].

Religieuses Augustines de l'hôpital de Cassel.

L'ancien hôpital de Cassel que, les *Augustines* desservaient[4], date du mois d'avril 1255. C'est le chapitre de St-Pierre et les échevins de la ville qui l'instituèrent.

1 Nous aurons occasion de donner bientôt le sommaire de nombreux papiers officiels de ces Récollets tels que *brefs, bulles, obédiences* et autres *authentiques*, laissés à Cassel lorsqu'ils s'éloignèrent de leur couvent, à la révolution.

2 Pl. XI, fig. 6.

3 Voir la *Flandria illustrata* de Sanderus, p. 11-454-557, etc.

4 Voir, à l'ouvrage de M. Le Glay, l'article intitulé : *Nosocomiæ Flandriæ maritimæ*.

Pl. XI

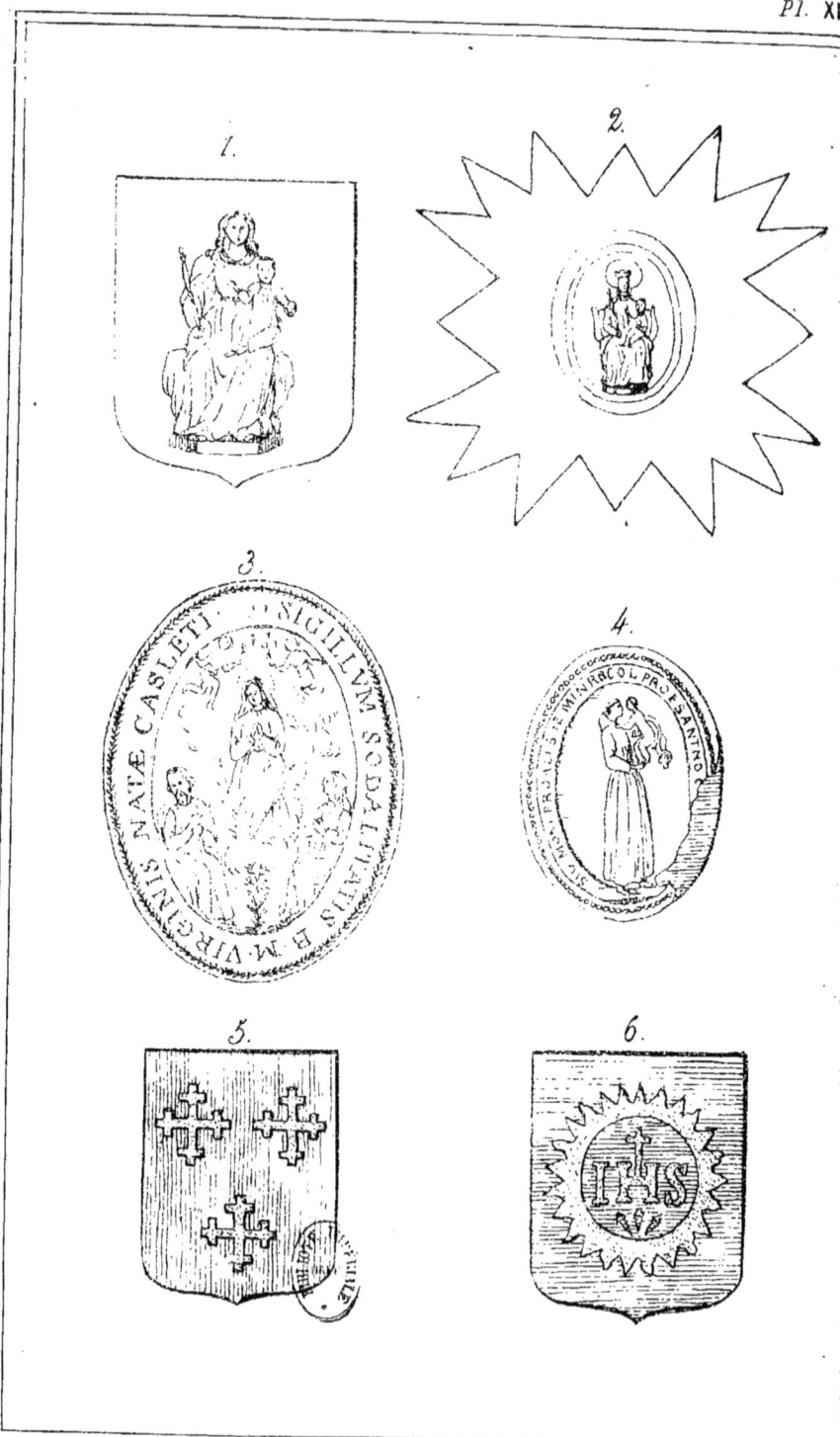

AUTRES SCELS RÉLIGIEUX DE CASSEL.

La juridiction de cette congrégation, d'abord de sept religieuses, prises parmi les anciennes domestiques des chanoines, appartenait primitivement à l'évêque de Térouane ou de la Morinie. Une lettre de Charles le Téméraire, duc de Bourgogne et comte de Flandre, concernant ces sœurs hospitalières, a été publiée dans notre *topographie de Cassel;* elle est fort curieuse. Le corps de Robert le Frison reposa plus d'un siècle et demi dans la chapelle du couvent.

Cette congrégation avait pour armes : *de gueules, à trois croix recroisettées d'or, posées deux et une.* (Pl. xi, fig. 5.)

Les religieuses de Cassel étaient soumises à la discipline primitive de St-Augustin, et d'après leur institution, elles devaient obéissance au chapitre de St-Pierre, qui nommait les supérieures. Leur nombre augmenta successivement. Elles eurent plus tard deux recteurs ou maîtres, qui administraient le temporel de leur maison; l'un était nommé par le prévôt de la collégiale de St-Pierre, l'autre par le magistrat séculier.

Plusieurs de ces religieuses ont leur tombeau dans la petite chapelle octogonale qui est située en dehors de l'ancienne porte de Bergues, à Cassel. Leurs pierres tumulaires sont la plupart avec une inscription qui indique leur titre de *religieuses chanoinesses régulières et hospitalières de l'ordre de Saint-Augustin (van het ordre van den H. vader Augustinus, in het clooster tot Cassel).*

Un fait semble prouver que cette chapelle appartenait exclusivement aux *sœurs Augustines,* ou du moins qu'elle a été fondée par la famille de l'une de leurs supérieures, au commencement du XVIIIme siècle; car il y a à côté de la sépulture de la chanoinesse *Marie-Catherine-Thérèse Dercle* (dame prieure dans *le couvent de Notre-Dame de Cassel,* pendant l'espace de 44 ans, et décédée en 1754), une pierre, la plus grande de toutes, placée contre les marches de l'autel, qui porte l'inscription suivante, déjà fort usée :

« *Don Joseph,* capitaine de cavalerie des arquebusiers espagnols, et noble vassal de la cour de Cassel, et *de* dame Marie-Françoise *Waloncappelle.*

» M. Jacques-François *Dercle,* leur fils, prestres chanoine et écolastre de l'exempte collégiale de St-Pierre en cette ville, décédé le 9 janvier 1718. — Req. in pace. »

Les armes de cette pierre semblent être celles des *Walloncappelle.* Elles sont aussi en partie effacées.

Ici se termine cet aride travail qui, sans doute, sera généralement peu goûté.... Néanmoins nous ne renonçons pas au plaisir de revenir, parfois encore, sur tous ces chers détails d'histoire locale, — déjà des matériaux sont prêts pour d'autres publications.

L'amour ardent du pays natal, les souvenirs si vifs de notre paisible jeunesse, lorsqu'une tendre mère, bien regrettée et vénérée nous racontait des faits curieux sur Cassel ; le souvenir enfin de ses douces vertus et de celles d'une sœur aimée, dont la vie fut consacrée à la charité, tout cela est gravé dans notre mémoire comme dans notre cœur reconnaissant, avec cette devise sainte : *Patrie et langue maternelle :* Moedertael en Vaderland !

Memoriæ Matris charissimæ,
Patriæ amatæ,
Et Amicis veris,
Erigere monumenta,
Quamvis exigua,
Dulce et pium !

PIÈCES JUSTIFICATIVES

I.

DOCUMENTS CONCERNANT LE CHAPITRE DE SAINT-PIERRE
DE CASSEL.

1085. *Indiction 8, du temps du pape Grégoire VII, régnant Philippe Ier roi de France. — Robert comte de Flandre*[1].

Le comte Robert fonde une église à Cassel, dans le quartier des Ménapiens, pour vingt chanoines dont un doit conduire les écoles : lui donne les deux tiers de la dixme de Cassel, des biens à Fleternes, Betsingesele; six bergeries à Bercla, dans le territoire de France; deux parties de dixmes de St-Omer, de Cassel et de Courtray; la terre d'Houtkerke et le Fodermalt (rentes etc.), l'église d'Herdinghe (Terdeghem), tout le cens de Cassel; le tout quitte de tout service et exaction.

Le comte veut que la paix règne toujours entre eux et que du revenu des six bergeries de Bracle ou Bercle, on emprunte par an vingt-un livres dix sols pour la prévôté; vingt-cinq livres pour l'entretien de l'église; quatre livres pour le luminaire; cent soixante hœuds d'avoine et neuf livres pour la réception des hostes, la dixième partie de ses biens dans la chatellenie de Cassel, pour les chapelles claustrales; six livres pour les choses nécessaires au dortoir, au réfectoir au cellier et à la cuisine.

Le comte veut que de ces vingt chanoines, il y en ait sept prêtres, cinq diacres et les autres sous diacres : il leur recommande d'observer la chasteté, de manger ensemble et de ne pas aller à l'église sans l'habit de cloître.

1 Rouleau en parchemin, concernant le chapitre de St-Pierre de Cassel, retrouvé dans les greniers des archives de Lille, le 15 septembre 1837

Cet acte se trouve imprimé dans Miræus, t. II, 1138. (Voir son sommaire extrait du tom 1, p. 37 de l'inventaire des archives de Lille, n. 17.)

Témoins : le comte Robert ; Robert son fils, Philippe son fils ; Gérard évêque de Terouane, Arnulf, archi-diacre ; Roricon, archi-diacre ; Jean, abbé ; Gérard, abbé ; Herbert, abbé ; Ingelbert, abbé ; Milon, doyen ; Gualon, prévôt ; Robert, échanson ; Gauthier, sénéchal ; Eustache, avoué ; Robert, vicomte ; Bauduin chatelain ; Godefroy, châtelain ; Hugon, châtelain ; Fromold, Reingot et Gérard.

1085. — Lettres datées de Neelle [1] par lesquelles le roi Philippe Ier roi de France, la 24e année de son règne confirme la fondation faite par le comte Robert, du chapitre de St-Pierre à Cassel et les biens qui lui ont été donnés (*excepto equitatu equitum* : excepté l'ost et le chevauchié), et veut que ce chapitre soit exempt de l'évêché de Terrouane, comme l'abbaye de St-Vaast d'Arras, fondée par le roi Thieri, l'est de l'évêque de Cambray. (Voir page 85).

Le roi dit que si quelqu'un s'oppose à cette constitution, tout ce qui lui appartiendra sera réuni à son domaine *(fisco nostro)*.

Souscriptions : Philippe roi de France ; Gilebert chancelier ; Gauthier, trésorier de Noyon ; Jean de Saint-Quentin ; Gervais, sénéchal du roi ; Galant, camerier ; Yvon de Neelle ; Robert de Péronne.

1177. Lettres par lesquelles Philippe d'Alsace, comte de Flandre et de Vermandois [2], confirme la fondation du chapitre de St-

1 Inventaire des archives de Lille, t. 1, p. 38, n° 18.

2 Philippus alsatius, comes Flandriæ, possessiones capituli canonicorum S. Petri Casleti confirmat, anno 1177.

Ego Philippus, dei gratiæ, flandriæ et viromandum comes etc.

Ad honorem dei et beati petri, pro salute animæ meæ et prædecessorum ac successorum meorum bona quæ Robertus, *Barbatus*, nobelissimæ memoriæ princeps, Ecclesiæ S. Petri casletensis contulit, in pace libera et quieta perpetuo possidenda concedo, et in mea custodia et protectione suscipio etc., etc.

Aub. Miræus, ex archivis cameræ rationum insulis.

Obs. Le chapitre de St Pierre de Cassel et son église collégiale étaient situés

Pierre de Cassel faite par Robert-le-Frison, et y rappelle tous les biens repris dans les lettres de fondation de 1085.

1177. Actum est hoc Ariæ (Aire), Domini Incarn. anno MCLXXVII, pridie antequam comes Jerosolimam iturus peram perigrinationis suæ susteperet.

TÉMOINS : Didier, évêque de Térouane; Robert, son frère, chancelier; Gérard, notaire; Conon, châtelain de Bruges;.. .. camérier, Gautier de Locres; Gilbert, sénéchal d'Aire.

> Rouleau avec d'autres titres concernant le même chapitre. N° 124, inventaire des archives de la chambre de comptes de Lille.

II.

ÉCHANGE OU VENTE DE LA CHATELLENIE DE CASSEL PAR MICHEL DE HARNES A JEANNE, COMTESSE DE FLANDRE.

1218 (Ancien style). A Lille, le premier mercredy avant St-Simon et St-Jude (24 octobre). — Michel de Harnes, connétable de Flandre, cède à Jeanne, comtesse de Flandre et de Hainaut, et à ses successeurs à perpétuité, la châtellenie de Cassel, en échange de ce que la comtesse lui avait donné à Brouxelles, Pollinchove, Rubroec et Liederzelles, excepté le fief de Michel de Haveskerke. Elle lui a donné aussi 403 hœuds d'avoine molle et 6 deniers, à percevoir annuellement sur les fiefs de Henri d'Azebrouck (Hasebruec); 50 hœuds de froment et 450 hœuds d'avoine sur ceux de Wallon-Capelle (Wallonis-Capella), et le bois de Grammont (Gerardimontis).

à la partie la plus élevée de la montagne, sur la terrasse de l'ancien château-fort dit des Césars, d'où l'on découvre une immense étendue de pays et toute la Flandre maritime.

Dans li Estore des Comtes de Flandre, on lit, à ce sujet le curieux passage suivant : « Li anciien fonderent che castiel sor le haute ce don mont et chil mons est haus sor toz les mons de Flandres et une tours est el coupier lequele on puet veoir dou mont de loon quant li cielx est clercoet purs. »

Michel déclare, de plus, que si Chrétienne, sa femme, ou ses héritiers veulent réclamer quelques droits sur cette châtellenie (castellatura), il consent que la comtesse fasse saisir et mettre en sa main tout ce qu'elle lui avait donné en échange, jusqu'à ce que sa femme et ses héritiers soient contents et qu'ils se soient désistés de leurs prétentions.

TÉMOINS : Les féaux : Hellin de Wavrin, sénéchal de Flandre; Bauduin de Bondues; Roger de Anetières. etc.

> Orig. en parch., scellé du scel dudit Michel, en cire blanche brunie, pendant à double queue de parch., où il est représenté armé à cheval, avec cette inscription : † *S. Michaelis de Boulers, Constabularii Fland;* et pour contre-scel, l'écussion de ses armes, déjà décrites , avec cette inscription : *Secretum meum Michi* (sous-entendu : *Consilium*, qui précède; Conseil secret : *Secreten-rade.*

Le texte original latin de cet acte de mars, qui existe à la Chambre de comptes de Lille, commence ainsi :

« *Ego Michael de Harnes, Flandrie constabularius,* notum fieri volo omnibus ad quos littere iste pervenerint, *quod cum fecissem excambium,* cum Domina mea Johanna Flandrie et Hainaunie comitissa, de omnibus que habebam casleti et in tota castellatura casletensi, ad omnia que ipsa domina mea habebat in Liedersella, in Fochringhehova, in Rubrici, in Broxella, in Bollinghesella et in *quadam parte de penis,* ego ecclesie Watenensi remisi totum Voudermont, etc., etc. . . . . Quod ut ratum sit et firmum predicta omnia sigilli mei munimine confirmavi. Actum Insule, mense Martio, anno Domini MCC octavo decimo.

III.

COMTESSE MARGUERITE. —— BÉATRIX. —— TONLIEU DE CASSEL, etc.

1251. *décembre (en français).* — Lettres par lesquelles Marguerite de Flandre assigne à Béatrix, fille du duc de Brabant, veuve de Guillaume, son fils aîné (qui mourut sans enfants en 1251), trois mille livrées de terre pour son douaire ; elle donna de plus à Béatrix, le bois de Nieppe estimé valoir par an seize cent cinquante livres, à l'exception de rentes particulières. Béatrix jouira de la *maison de Nieppe* sans estimation.

Marguerite lui assigna, en outre, ces nombreuses donations, huit livres quatre sols six deniers sur vingt-un moulins à vent, dans les métiers de Cassel et de Saint-Omer, non-compris celui de Ste-Marie-Cappelle; chaque moulin estimé un ferton. Sur l'espier d'Hazebroec six livres de rente pour charriage, sur les quatre mayeurs de Cassel; sur l'espier de Cassel douze muids trois hœuds de froment et huit cent vingt-six hœuds d'avoine molle et autres rentes en argent, fourrages et cervoises (bières).

Le tonlieu de Cassel a aussi été assigné à Béatrix pour deux cent dix livres huit sols, à l'exception des fiefvés et de ceux qui avaient quelque chose sur ce tonlieu.

Béatrix reconnaît être très contente de ce douaire, montant à trois mille livres.

> Orig. en parch. scel de Marguerite bien conservé et représenté dans Vrédins. Tab. 4. — Inv. des arch. de Lille, t. II, p. 224.

IV.

ROBERT DE BÉTHUNE. — TRAVAIL D'ESTIMATION DES BIENS DE CASSEL, AVANT LE PARTAGE.

L'acte d'estimation commence ainsi :

1318, *décembre.* — Chest la prisie de toutes les manières de revenues que li sires de Pontrouard et Eustace Bernages ont trouvé qui appertiennent et doivent apertenir à la ville de Cassel; à la chastelerie et à toutes les appertenances et de toutes les revenues apertenans au conte de Flandres, gisans ès dites ville et chastellerie, trouvées, asamblées et raportées par les personnes chi dessus escriptes. Et premièrement des restes de renenghe et ensi après sieuwant de toutes les autres choses qui à revenue de terre puent et doivent venir.

Premièrement a raporté Colard de Marchienes, clers à monseigneur de Flandres, députés à ce report, faire de par mon-

6

seigneur de Nevers, pour ce que il, Guyduiche et Jakemars de Tournay si comme li dis Colard disoit, ont estrait des briefs de Saint-Omer qui apertiennent à la chastelerie de Cassel et à ferme, que des rentes des bries de Saint-Omer dessus dis, dont Master Henris Brame et recheveres

Voir chambre des comptes de Lille registres coté B, 484.

V.

Dans le volume 1, p. 437, n° 1525, inventaire des archives de Gand, par le comte de St-Genois, on trouve un acte du lendemain de la St-Denis (10 octobre), 1329. (Cette date est peut-être 1319 ?) L'acte est intiulé :

« Prisées des revenus des églises, cousteries, écoles, hôpitaux et maisons Dieu dépendantes de la ville et châtellenie de Cassel, tels qu'ils devront être adjugés à Robert de Flandre. »

Cette pièce curieuse est aussi à consulter.

VI.

NOTES CONCERNANT LE PARTAGE DE FLANDRE DE 1320.

1° Lettres du comte Robert de Flandre dans lesquelles il est dit qu'à la requeste de Louys comte de Nevers et de Rethel, son fils aîné et de Robert son fils maisné, il donna audit Robert son fils, pour la succession de luy Robert son père, et d'Yolente sa mère, et de la royne de Cécille sa tante, dix mille livres de terre héritable de parisis au vieil en ancien prix : lesquels il lui avoit assigné sur les villes et chatellenies de Cassel, Niepe, Warneston, et le transport du west-pays de Flandre : les dites lettres furent données le second jour du mois de juin l'an mille trois cent vingt etc., de l'Espinoy, p. 52.

2° *Robertus*, cognomento *Casletanus*, Roberti Bethunii, Flandriæ comitis filius junior, pro sua portione hereditaria possedit Dunkercam, Gravelingam, Burbugum, Wattines, Casletum, Bornhem et Warneston, ubi et Moriens anno 1331, sepeliri voluit. Ex Joanna, Arturi Britanniæ ducis filia, unicam reliquit filiam, Iolans, Henrico comiti Barrensi nuptam, oppida ista postmodum per connubia ad familiam Luxeburgicam, ac domum Vindocicensem seu borboniam sunt devoluta, excepto Casleto, quod Philippus bonus, ratione lytri pro Renato Lotharingiœ duce ad se retraxit.

Mirœus, t. I, p. 309, continué par J. F. Foppens.

3° M. le docteur A. Le Glay, conservateur des archives départementales du Nord, vient de trouver (avril 1862), parmi les parchemins, encore non classés de la riche collection de ce palais, un titre en latin, concernant *Robert de Cassel*. C'est une ordonnance du roi *Philippe de Valois qui règle les droits respectifs de Robert de Flandre* (original, chambre des comptes). *Ce titre est de 1330, 4 mai.* Il commence ainsi : « Philippus, Dei gratia francorum rex universis presentes litteras inspecturis salutem. notum facimus. » — M. Le Glay a bien voulu nous faire délivrer copie de cet écrit intéressant *la Châtellenie de Cassel et ses Seigneurs*, qui nous servira aussi pour l'historique de ces personnages, desquels beaucoup de documents intéressants et inédits ont été trouvés.

Nous profitons de cette bonne occasion pour remercier de nouveau, de tout cœur, notre savant et si bienveillant collègue M. le docteur Le Glay. On connaît l'empressement qu'il met, ainsi que M. son fils, à faciliter les recherches historiques et archéologiques de ceux qui se vouent à l'étude de nos contrées de Flandre.

Nous, en particulier, nous ne pouvons assez exprimer notre vive reconnaissance pour tant d'attentions délicates qui facilitent singulièrement les travaux scientifiques.

VII.

TESTAMENT DE ROBERT DE CASSEL, EXÉCUTÉ PAR JEANNE SA FEMME.

1333, 8 *octobre*, *à Dunkerque*. — A honorables religieuses et honestes personnes, l'abbé et couvent de Warneston, le doyen et chapistre de Nostre-Dame de Terrewane, le doyen et chapistre de Saint-Pière de Cassel, le prevost et couvent de l'abbeye de Watenes, l'abesse et couvent de la Wastine, l'abbé et couvent de l'abbeye de Clairmarois, l'abbese et couvent de Bourbourch, le prieur et couvent des frères Prescheurs de Berghes, le prieur du prieuré de Bournehan, le curé de l'église de Dunkerke, le curé de l'église de Bournehan, le chapelain de la chapellenie de no maison de Nyeppe et as maistres et et gouverneurs des hospitauls de Cassel, de Warneston, de

Bourbourch et de Dunkerke, et à chascun deuls ; Jehanne de
Bretaingne, dame de Cassel, weve de homme de bonne mémoire
Monsʳ Robert de Flandres, iadiz seigneur de Cassel, salut et di-
lection : comme no chier seigneur et mari des suzdit dont Diex
ait lame, ordennast en sa darrenière volenté, certaines sommes
d'argent à vos églises pour achater rente perpetuelle par lacord
des gouverneurs de vos églises, de nous et de deux de ses
exécuteurs pour faire son adversaire chascun an une foiz perpe-
tuellement en vos églises, et nous et ses exécuteurs et ceuls
exécuteurs de no conseil nous ordonné qu'il soit signefié par
toutes les églises as quelles no dit seigneur lessa et ordenna en
sa darrenière volonté aucune chose, pour la dite cause qu'il
envoient à Warneston au chinquiesme jour après le jour de
Touzsainz par devant nous et les exécuteurs, personne suffisant
fondée pour euls et pour leur églises, pour recevoir ce que par
no dit chier seigneur leur est ordenné, et pour quitance en
faire et pour faire et accomplir deubment tout ce que mestier
est a l'accomplissement des conditions et manières dessuz dites
et autres qui y sont contenues et adjectes. Nous le vous signi-
fions et a chascun de vous par des présentes lettres, et vous
prions que vous, audit jour et lieu envoiez par devant nous et
les diz exécuteurs personnes suffisamment fondées par vous et
vos églises, pour les choses dessuz dites et chascunes et tout
ce qui y appartient et en dépent faire et accomplir deubment,
et en signe de tesmoignaige de le signification et présentation
de ces lettres a vous faite, veuillez et chascun de vous, mettre
le seal de vos églises a ces présentes lettres et les rendre sael-
lées, a cil par qui il vous seront de par nous présentées. Donne
à Dunkerke nostre ville, lan de grace mil trois cenz trente et
trois VIIIᵉ jour du mois doctembre.

Original en parchemin jadis scellé du sceau de Jehanne de Bretagne et de dix-sept petits sceaux, comme suit : L'abbé et couvent de
Warneston. Le doyen et chapistre de Terewane. Le doyen et chapistre de Saint-Piere de Cassel. Le doyen et chapitre de Notre-Dame

de Cassel. Le prevot de Watenes. L'abbesse et couvent de la Wastine. L'abbé et couvent de Clairmarès. L'abbesse et couvent de Bourbourch. Le prieur et couvent des frères prêcheurs de Berghes. Le prieur de Bournehan. Le curé de Dunkerke. Le curé de Bournehan. Le chapelain de Nyeppe. Le mestre de l'hospital de Cassel. Le mestre de l'hospital de Warneston. Le mestre de l'hospital de Bourbourch. Le mestre de l'hospital de Dunkerke, dont il reste encore quelques fragments en cire verte, et celui de l'hospital de Dunkerque, en entier, en cire rouge : il représente *une plie?*

VIII.

DATE AUTHENTIQUE DE LA NAISSANCE D'YOLENT, DAME DE CASSEL

1° Attestation de Samson de West, chanoine de St-Jean de Nogent (en Perche), que Yolent de Flandre, fille de J. de Bretagne et de défunt Robert de Flandre, sire de Cassel, est née au château d'Aluye en 1326 au mois de septembre, en la semaine des Quatre-Temps [1].

2° Certificat de frère Jean de Ferreria, de 1337, de l'ordre des frères prêcheurs à Caen, qu'Yolend de Flandre est née en 1326, le lendemain de l'exaltation de Ste-Croix. Ce dernier certificat est confirmé par lettre de Geoffroi, abbé de St-Florentin de Bonneval (même localité du Perche), faite le 16 octobre 1337 [2].

IX.

DATE DU MARIAGE D'YOLENT AVEC HENRI DE BAR.

1339, 8 *des calendes de juillet, à Rome.* — Dispensation du mariage de monseigneur le comte Henri de Bar et de Mme la comtesse.

> Bulle du Pape, Benoît XII, sceau ou bulle en plomb, carton 9, supplément. — Archives de Lille.

[1] p. 87, n° 3583, Archives de Lille.
[2] p. 88, n° 3587, id.

1339, 1er *décembre*. — Lettres de la dispensation du mariage du comte Henri de Bar et Mme Yolende de Flandres.

> Orig. scellé du sceau de Etienne, évêque de Noyon (Noviomensis), carton 9 supplément.

> Le mariage d'Yolende et de Henri de Bar a été indiqué à tort comme ayant eu lieu avant 1339, ou en 1336, par exemple.

X.

ÉPOQUE DU DÉCÈS D'YOLENT, 12 DÉCEMBRE 1395, ET INDICATION PRÉCISE DU LIEU DE SA MORT, QUI A ÉTÉ CONTESTÉ [1].

A très-puissant et très redoubté seigneur monseigneur le duc de Bar.

Supplient très-humblement proviseurs de l'église de Morbeque, comme le chastel de Nieppe est situé dedens le paroche de Morbeque, en la quele au plaisir de Dieu ma très redoublée dame madame vostre mère receut son derrain sacrement et fut apporté hors de le dicte église et termina vie par trespas en ycelle, dont Dieu ait l'âme. Que pour Dieu mon très redoubté seigneur, considéré les choses dessus dictes, qu'il vous plaist de vostre bénigne grace à faire vostre aumousne à le dicte église ; les dessus dis suppléant et tous les bonnes gens de le dicte paroche prieront Dieu dévotement pour s'ame et pour vous, mon très redoubté singneur, que par sa sainte miséricorde il vous tiengne en bonne vie et longue.

> Copie du temps en papier.

XI.

PARTAGE ENTRE ÉDOUARD DE BAR ET ROBERT SEIGNEUR D'OISY [2].

Partage fait le VIII avril MCCCCIX entre monsieur Edouard de Bar, marquis du Pont et seigneur de Dun, fils aîné de mon-

---

1 Dom Calmet dit : *Metz*.

2 Terre d'Oisy : « Enguerrammus, dominus de Conciaco (Coucy), terram

sieur Robert duc de Bar et seigneur de Cassel d'une part, et
Robert de Bar, seigneur d'Oisy, fils de feu monsieur Henry
de Bar, aisné fils dudit monsieur le duc, d'autre part; par lequel
pour assoupir plusieurs différents qui estoient entr'eux pour
raison des successions de leur père et mère, furent accordés.
Le duché de Bar, marquisat du pont et les terres de Cassel et
Nieppe en Flandre audit Edouard, et audit Robert les terres et
seigneuries de Bournen, de Roodes, de Vindich, Varneston,
Bourbourg, Dunkerque, Gravelines.

Du consentement de M. le duc de Bar, etc.[1]

XII.

CESSION DE CASSEL ET DU BOIS DE NIEPPE, PAR JEANNE COMTESSE DE MARLE, AU ROI RENÉ.

1436. Loys de Luxembourg, comte Sainct-Pol, de Conversan
et de Brienne, seigneur d'Enghien et de Fiennes et chastellain
de Lisle, et Jehanne de Bar, contesse et dame desdits lieux,
et contesse de Marle et de Soissons, dame d'Oisy et de Dun-
querque; suffisamment aucthorisée de mondit seigneur et marit
quant ad ce, à tous ceulx qui ces lettres verront, salut. Comme
par certaine ordonnance et disposition de derraine voulenté
faicte et passé de deffunct de noble mémoire très révérend
pére en Dieu mon très chier seigneur et oncle de nous contesse
monseigneur le cardinal de Bar, qui Dieu absoille, aient esté
laissé et ordonné à nous contesse, pour récompensation du
droct que avions et pouvions avoir ou demander on ducé de
Bar et marquise du Pont, outre et avec ce qu'autrefois et
paravant avait été baillé et délivré à feu nostre très chier sei-

« de Oisiaco dederat henrico de Barro, cum illi filiam suam conjugem tra-
« didissit. (Extrait des registres de la cour de parlement).»

1 Extrait de l'inventaire des titres gardés au château de la Fère. preuves
de Bar 58. André Duchesne.

gneur et père, cui Dieu pardoint, monseigneur Robert de Bar,
à son vivant comte de Marle et de Soissons, toutes les terres,
villes, chasteaux, chastellainies et seigneuries de Aluie, Brou,
Montmiraiï, Authon et la Basoche, leurs appartenances et appendances, et générallement tout ce que ledit feu monseigneur
le cardinal avoit et pouvoit avoir ez païs de certrain et du
Perche, ensemble la terre de Cassel et du bois de Nieppe, et
tout ce qu'il avoit et pouvoit avoir au jour de son trespas on
païs de Flandres, pour de toutes les terres et seigneuris ainsy
léguées jouir et possider par nous contesse, nos hoirs, successeurs et ayant cause perpétuellement et à toujours et en
disposer à nostre bonne voulenté et plaisir. Et pour ce que, lour
la rédemption et délivrance de la personne de très excellent et
très-puissant prince le Roy de Sicile duc de Bar, luy avoit
convenu transporter et bailler ladite terre de Cassel et du bois
de Nieppe et nostre très redoubté seigneur monseigneur le duc
de Bourgongne, on préjudice de nostre droit, dont, par raison
le Roy de Sicile est tenu nous deument récompenser ; laquelle
récompensation il nous a offert faire ; à quoy, en sa faveur et
pour la proximité de lignage et amour que nous avons à luy,
nous soions condescendus. Scavoir faisons que nous et chacun
de nous conjointement et déviséement et pour tant qu'il nous
touche, et mimement nous contesse, de nostre bon gré et
volunté, et du congié, licence et auchorité de nostre dit seigneur
et marit, parmy et moyennant que, pour, on lieu et en récompensation de ladite terre de Cassel et Bois de Nieppe, ledit
roy de Sicile nous a baillié, cédé et transporté, et par ses lettres
patentes promis faire avoir à nous contesse ou à nostre procu-
rateur porteur de noz lettres ou commis, la pleine délivrance
et jouissance de la ville, chastel, chastellainie, terre, seigneurie,
appartenance ei appendances quelconques de Nogent le retrou,
le chastel, chastellerie et appartenances quelconques de Pougy,
Avanst et concloye, sans y riens excepter ne retenir, pour en
jouyr en plain droit de propriété et en tous prouffits et émolu-

mens quelconques par nous, noz hoirs et ayant cause perpétuellement, par la forme et manière qu'il est contenu ez lettres
dudit Roy de Sicile que en avons par devers nous.

. . . . , .

Nous, moyennant les choses dessus dités , nous tenons pour
bien contans et deument récompensez de ladite terre de Cassel
et Bois de Nieppe *que tient à présent ledit monseigneur de
Bourgongne.*

. . . .

En tesmoing de ce, nous avons fait mettre noz scaulz à ces
présentes et signées de noz mains ; données en notre chastel du
chasteller, le vingt-cinquième jour du moys de mars, l'an mil
quatre cens et trente six. Signé sous le reply : *Loys de Luxem-
bourq et Jeanne de Bar.* Au dessus duquel reply est escrit :
Par monseigneur le comte et mademoiselle la comtesse. Contre-
signé *Chrestien.*

Cartulaire de Lorraine, reg. intitulé Lygny, f. 83 v.

XIII.

RÈGLEMENT POUR LA COUR DE CASSEL.

Extrait du règlement pour la *court de Cassel,* donné à
Bruxelles, le 4 mars 1610, par l'archiduc *Albert et Isabel,
Clara, Eugénia,* infante d'Espagne, sa femme, gouverneurs
des Pays-bas [1]. Ce manuscrit , après préambule, commence
ainsi :

1° Nous choisirons par chacun an, pour le renouvellement
du magistrat, douze personnes d'entre les premiers vassaux et

---

1 Manuscrit de l'époque, que nous croyons inédit; il appartient à notre
collection de sauvetage d'épaves casseloises. Nous le devons à l'obligeance
affectueuses de M. le notaire De Handschouwerker, de Cassel.

homme de fiefz de notre dicte court [1] pour avec notre grand bailli servir à la dicte court toute l'année et suivante etc.

2° Lequel choix se fera de plus notables et qualifiez de tous les quartiers de la dicte chatellenie et de toute sorte d'estatz et de persones si come un hault justicier ou, en son absence, son homme servant, item de trois gentils-homes viscomtiers, item de trois gentils-fiefvez dont l'un sera toujours résident en ville et paroisses du Cassel, ou environ, item de deux aultres hommes fiefvez aussy demeuranz audit Cassel, item d'un autre fiefvé se tenant en la ville d'Hazebroucq et finalemeut de deux aultres fiefvéz se tenanz chacun à part soulz l'un des huict *bancqs et vierschares*.

3° Que les dicte douze personnes, ainsi créez retiendront, avec notre grand bailly, le viel tiltre de *Bailly, nobles, vassaux et homes de fief de notre court de Cassel* [2], etc.

XIV.

VIERSCHAERES DE CASSEL, ETC.

Avant la réunion des *vierschaeres* [3] à la cour de Cassel, les échevins qui y étaient nommés par cette cour, dans chaque pa-

---

1 Choix sur 24 personnes désignées par le magistrat en exercice, 14 nobles et 10 autres de condition, libre et honorable.

2 Dans de prochains travaux nous donnerons ce manuscrit volumineux *in extenso*, avec d'autres pièces curieuses et des copies d'édits pour Cassel, émanés des ducs de Bourgogne, des princes d'Autriche et des rois d'Espagne qui ne sont pas encore publiés.

3 *Vierschaere* : *vierscara et virscara* (*vierscarnia* autrefois). *M. de Coussemaker*, dans le tome V p. 218 des *Annales* du Comité flamand de France, qu'il préside, a présenté diverses synonymes étymologiques de ce mot collectif d'après *Vredius*, *Rapsaet* et *Warnkœnig;* cet érudit historiographe semble accorder la préférence à l'explication donnée par le dernier auteur cité, qui veut que *scarre* anciennement *scarne*, métathèse du mot *scranne*, signifie *banc* (les échevins des quatre bancs, *scabini quatuor scamnis*), à cause

roisse, administraient, avec la justice contentieuse, les affaires de la paroisse, telles que la répartition des impositions, l'adjudication de la collecte, les affaires de la pauvreté ou hôpitaux, celles de la fabrique ou autres semblables; l'administration

des quatre bancs placés autrefois, c'est-à-dire dans leur origine, aux lieux d'audience des *vierschaeres*.

Nous pensons que l'on peut entendre par *scaere* aussi bien et mieux *assemblée* que *banc*, mots qui, du reste, ont presque la même signification flamande, et nous ajoutons qu'il y eut plus tard une différence entre les bancs ou *bancqz, scamni*, et les *vierschaeres*, tous deux espèces différentes de tribunaux en Flandre.

Dans l'édit d'Albert et d'Isabelle, de 1610, pour Cassel, dont nous venons de donner un extrait, à la pièce précédente, il est dit, avec une distinction évidente de qualification *banqz* et *vierschaeres*. Les bancqz (*geregts-bank*) étaient souvent des tribunaux de premier ordre, ou des assemblées de juges criminels (*Bijeenkomts der halsregters*), comme ceux cités par de l'Espinoy, pour la ville de Gand; ou bien ils étaient inférieurs, et ces derniers furent les *vierschaeres* proprement dites de moyenne justice *subalterne vierscara* (a) (réunion ou assemblée des quatre ou de quatre juges : de *vier* et *schaare* (b) (assemblée), telles que les huit *vierschaeres*, ou siéges de tribunal de la châtellenie de Cassel, à l'exception de sa cour (parquet), et par lesquelles la justice était promptement mise à portée des justiciables. Notons qu'on a donné depuis le nom de *vierschaeres* à toute l'étendue d'un ressort de juridiction ; on l'a donné, même au lieu découvert, mais clôturé, où on lisoit publiquement la sentence des condamnés à mort (c).

Il n'est pas vraisemblable que le mot *vierschaere*, comme on l'a dit, vienne de *vieren* (fêter), *feest houden* (où il y a *assemblée*); car ce n'est pas un jour de célébration de fête que celui d'un jugement d'accusés.

(a) Voir au *proemium* des *coutumes de Cassel (costumen en de usantien)*, in-folio, réimprimé en 1674, les lettres d'*Albert* et d'*Isabelle*, gouverneurs des Pays-Bas, concernant la ville et la châtellenie de Cassel.

(b) *Schaare*, réunion, assemblée : en menigte volk (dict^re de Halma), *Daer vergaderde eue groote shaere* : Ici s'assembla une grande multitude. De *vierschaar spannen* : Convoquer une assemblée de juges. *Hemelsche scharen* : Assemblée ou chœur des anges.

(c) *Vierschaer, open plasts met een stakertzel* (piquet, palissade, clôture faite avec des pieux fichés en terre), *afgescheiden, daar de dood vonninssen der misdaderen in t'openbaar voorgelesen woorden.* (O. Winkelman, woordenbock.)

de tous ces objets leur était confiée sans l'imputation de la cour qu'ils représentaient en cette partie.

Depuis la réunion, la cour nomme dans chaque paroisse (à l'exemple des châtellenies voisines), *un hofman et deux asséceurs*, qui à l'exception de la juridiction contentieuse, continuent d'administrer les affaires communes. Elle nomme des baillis pour faire exécuter, dans l'étendue des vierschaeres, la police, les ordonnances de S. M., les mandemens du commissaire départi et ceux de la cour. Ces nominations ont été autorisées par arrêt du conseil d'Etat, du 16 janvier 1776, registré au parlement de Flandres, avec des lettres patentes du 23 avril 1777, le 26 juin suivant.

Un édit du mois de décembre 1776, enregistré au parlement de Flandres le 10 mai 1781, rétablit en la ville d'Hazebroucke la juridiction de la vierschaere qui avait été supprimée et réuni, à la cour de Cassel, par l'édit du mois de juin 1774. Cette juridiction est réunie à celle des bailli, avoué et échevins de la ville d Hazebrouck. Les officiers de ladite justice connaissent en première instance de toutes les causes, instances, procès et généralement de toutes les matières civiles, criminelles, d'administration de police et de finance, sauf l'appel au baillage et siége présidéal de Bailleul. Le corps municipal doit-être composé de huit officiers (au lieu de 6) lesquels, ainsi que l'avoué, à chaque renouvellement sont nommés par l'intendant de la province et pris, savoir, six parmi les habitants de la ville et deux dans la vierschaere.

XV.

COMPOSITION DE LA COUR DE CASSEL EN 1674.

Pour donner un exemple du personnel d'administration de la châtellenie, nous dirons d'après ses coutumes que, vers le milieu du XVIIe siècle, la cour féodale de la haute justice de Cassel se composait comme il suit :

Monseigneur Jacques d'Ennetières, gouverneur, grand bailly de la ville et de la châtellenie.

Le noble et puissant seigneur M. le prince Eugène de Montmorency, grand justicier;

Mgr. Philippe de la Viefville, noble viscontier;

     L. François de Zuutpeene,   id

     François de Hoston,   id.

     François le Franchois, noble vassal ;

     R. Delval,   id.

     François du Bacquelerot,   id.

Sans compter les conseillers pensionnaire, le greffier pensionnaire de Cassel et le receveur de la châtellenie.

XVI.

ÉDIT DE 1702 DE LOUIS XIV, CONCERNANT LE MAGISTRAT DE CASSEL RÉUNI A SA COUR.

Dans l'édit royal de Louis XIV de 1702 (décembre), par lequel, ainsi qu'il a déjà été dit, le magistrat de Cassel fut réuni à la cour de Cassel, il y a : « les baillif nobles vassaux et hommes » de fiefs de ladite court de Cassel auront la direction entière » de toutes les affaires de ladite ville [2] et y exerceront, en notre » nom, toute justice tant civile que criminelle, tout ainsi » et de même qu'ont ci-devant fait les baillis et échevins de » de ladite ville, etc.

« Ils gouverneront le revenu de la ville en *bons pères de* » *famille*. Ainsi qu'ils ont fait jusqu'à présent de ceux des » autres communautés de leur dépendance. »

Du reste les droits de la cour et des vierschaeres de Cassel ont

---

1 Ph. Delespinoy, on le sait, a conservé les blasons des familles, de ces nobles de Flandres, avec les armoiries de beaucoup de seigneurs de ce pays dont les domaines dépendaient de la châtellenie de Cassel.

2 C'est pourquoi on disait plus tard : « Plaise à Messieurs les bailli, nobles vassaux, hommes de fiefs, de la Cour, ville et *châtellenie de Cassel*.

toujours été incomplets, le prince ayant en tout temps la haute direction sur ces seigneuries (heerlicheden), et leurs juridiction (bancken en vierschaeren), comme les échevins des huit tribunaux, dites vierschaeres, qui jugeaient les causes civiles et reconnaissaient la juridiction criminelle de la cour féodale de Cassel.

XVII.

CONTRIBUTIONS DE CASSEL. — LOUIS XIV.

Sur la requeste présentée au roy en son conseil par les bailly et eschevins de la ville de Cassel, contenant que leur ville est destituée de tout négoce accause de sa mauvaise scituation, quelle a souffert plusieurs pillages, et qu'il n'y a que quatre-vingts familles qui sont en estat de contribuer aux charges, qui montent, pour l'année 1693, a plus que le quart ;. . . . .

Requeroient qu'il plut à Sa Majesté de les décharger de la somme de quatorze mil deux cens une livres pour la moitié de leur quotte des impositions ordinaires et extraordinaires de ladite année 1693 ;. . . . .

Le roy, en son conseil, ayant aucunement égard à ladite requeste, a ordonné et ordonne que diminution sera faite aux supliants, de la somme de neuf cens trente-deux livres, pour le quart de leur quotte, etc. . . . .

(Extrait des registres du conseil d'Etat.)

XVIII.

ÉTAT CONTENANT LES NOMS DES JURIDICTIONS ET SEIGNEURIES,
Situées dans la châtellenie de Cassel, qui exercent
la juridiction criminelle comme s'ensuit.

CASSEL.

La seigneurie de Saint-Pierre, s'étendant dans plusieurs paroisses de la châtellenie de Cassel ;

QUAET-STRAETE.

La seigneurie du Broucq ;
La seigneurie de Cardoene.

Oudezeele.

La seigneurie d'Oudezeele ;
La seigneurie de Swinlande s'extendant en plusieurs paroisses ;
La seigneurie de Spycker ;
La seigneurie dite Negen manschappen ;
La seigneurie de Logie ;
La seigneurie de Waeterloop ;
La seigneurie Walelst ;
La seigneurie de Kerkhove.

Hillewalscappel.

La seigneurie d'Angist :
La seigneurie d'Hoogebaert.

Sainte-Mariacappel.

La seigneurie de Quabusdal ;
La seigneurie de Saint-Pierre ;
La seigneurie de Westover ;
La seigneurie de Campagne ;
La seigneurie d'Hoymille, Coeye-mersch.

Oxlaere.

La seigneurie de Saint-Bertin ;
La seigneurie de Sainte-Aldegonde ;
La seigneurie d'Oxlaere en Oxlaere ;
La seigneurie de Schoebecque ;
Enclavement de la seigneurie d'Hams ;
Enclavement de la seigneurie de madame l'abbesse de Bour.
bourg ;
Enclavement de la seigneurie de Caesterlinde ;
Enclavement de la seigneurie de Saint-Pierre à Cassel ;
La seigneurie d'Hoymille Coeye-mersch ;
La seigneurie de Socette ;

Enclavement de la seigneurie de Bleutour, dans le canton de Rysseele ;

La seigneurie de Peninkbroucq ;

La seigneurie de Cardoene ;

La seigneurie de feis Bergendal ;

La seigneurie de Believoet.

ZUYTPEENE.

La seigneurie D'holfande ;

La seigneurie de Zuytpeene ;

La seigneurie de Buschlande ;

La seigneurie de Staplande.

NOORTPEENE.

La seigneurie de Pomtrambel Ballenberg, s'extendante dans les paroisses de Noortpeene, Zuytpeene, Wemarscappel ;

Le marquisat de Peene ;

La seigneurie de La Tour ;

La seigneurie de Madame l'abbesse de Bourbourg ;

La seigneurie de Blanchemotte ;

La seigneurie de S'abisthof ;

La seigneurie d'Hams et Hauweels.

OCHTEZEELE.

La seigneurie et haute justice d'Ochtezeele ;

Le marquisat de Peene enclavé en partie dans ladite paroisse.

Le comté et seigneurie de s'abitshof en Ochtezeele ;

La seigneurie de Blanchemotte ;

La seigneurie de Zuytpeene enclavée en partie en Ochtezeele

La seigneurie de Tetegem ;

La seigneurie d'Hams et Houwels pour une partie.

WEMERSCAPPEL.

La seigneurie de Ballenberg pontrambel ;

La seigneurie de Thoriswal ;

ARNEKE.

La seigneurie d'Angest ;
La seigneurie de Braswal ;
La seigneurie de Winnezeelehof ;
La seigneurie de Bertramshof ;
La seigneurie du Couthof ;
Partie de la seigneurie de Bavinchove ;
Partie de la seigneurie de Saint-Pierre.

ZERMEZEELE.

La seigneurie de la Wiessche ;
La seigneurie de Walscappel ;
La seigneurie de Loones ;
La seigneurie de Crequi ;
La seigneurie de Plumoison ;
La seigneurie de la Torre ;
La seigneurie d'Elstlande ;
La seigneurie de Lampernisse ;

HARDIFORT.

La seigneurie de Cooye ;
La seigneurie de S'heerensbosschaert ;
La seigneurie de la Chambre.

STEENVOORDE

La seigneurié d'Eeckebeke ;
La seigneurie de Walhof ;
La seigneurie d'Hand dienst ;
La seigneurie de Swinlande ;
La seigneurie d'Hilt ;
La seigneurie d'Hesch ;
La seigneurie de madame l'abbesse de Bourbourg pour une partie ;

7

Le marquisat de la Viefville ;

La seigneurie d'Overbeke.

EECKE.

La seigneurie de Messine ;

La seigneurie de West-over ;

La seigneurie de Craeyenborg;

La seigneurie de Braemhil ;

La seigneurie de Zuythove ;

La seigneurie de Bammarde ;

La seigneurie de Flasch ;

La seigneurie de Vrylande ;

La seigneurie d'Hallewarde ;

La seigneurie de Volpoedt.

WINNEZEELE.

La seigneurie de Winnezeele et du hilt ;

La seigneurie de La Coornhuyse ;

La seigneurie de la prévôté de St-Donas ;

La seigneurie de Bultes ;

Une partie du marquisat de Viefville de Steenvoorde, mentionnée ci-devant ;

Une partie de la seigneurie de Swinlande, mentionnée ci-devant.

Item une partie de la seigneurie d'Airinck.

GODDEWAERSVELDE.

La seigneurie d'Haegedoorne ;

La seigneurie de Zoetenhaey ;

La seigneurie de Catsberge ;

La seigneurie de Drynkaluyt ;

La seigneurie d'Oudenhove ;

La seigneurie de Borre.

BOESCHEPE.

La partie de la seigneurie de St-Donas ;

La seigneurie de Berthen ;
La seigneurie de Morbeque ;
La seigneurie de Vleninchove.

WESTOUTRE.

La paroisse et seigneurie de Westoutre ;
La seigneurie d'Hout-ambacht.

VILLE ET PAROISSE D'HAZEBROUCQ.

La seigneurie de Bourgoine pour un enclavement ;
La seigneurie Van den Haene ;
La seigneurie de Placque ;
La seigneurie de La Neete ;
La seigneurie de Liebaersbrugge ;
La seigneurie de Voetsdoorne ;
La seigneurie d'Hoogvelde ;
La seigneurie d'Isacq ;
La seigneurie de Morbeque ;
La seigneurie de Nedermeersch ;
La seigneurie de Merschelst ;
La seigneurie de Kerkhove ;
La seigneurie de Suyvelaere ;
La seigneurie d'Hoflande ;
La seigneurie de Walscappel ;
La seigneurie de Briarde ;
Autre seigneurie de Morbeque en Hazebroucq ;
La seigneurie de la Wissche ;
La seigneurie de West-Briarde ;
La seigneurie de Westoutre ;
La seigneurie de Vossewal.

HONDEGHEM.

La seigneurie de la Wissche ;
La seigneurie de Morbexsche ;

La seigneurie de Grafschap;

La seigneurie de Bogaerde ;

La seigneurie de Westbriarde;

La seigneurie de Wyngaerde ;

Seigneurie de Wiaert Kalverdans;

Seigneurie de Rabeque ;

Seigneurie de Keunhove ;

La seigneurie de Liebaersbrugge ;

La seigneurie d'Hongrie ;

La seigneurie de Noortwestbriarde ;

La seigneurie de Valckhof;

Oostbriarde ;

La seigneurie de Porthove ;

La seigneurie de Kerkhof;

La seigneurie de Merschelst ;

La seigneurie de Blaeutorre ; le gros est situé à Noortber-
quin ;

La seigneurie d'Hams; le gros est en Zercu ;

La seigneurie de Bavinchove ains ;

L'ammanie de Bavinchove.

WALLONCAPPEL

La seigneurie de Walloncappel ;

La seigneurie d'Eeckhout ;

La seigneurie Van den Coopman ;

La seigneurie de Pillaes-brugge ;

Il y a encore quelques enclavements seigneuries, comme
celles du Kerkhof, Merschelst, et la Wische dont la spécification
est faite ci-devant.

RENESCURE.

La paroisse et seigneurie de Renescure ;

La seigneurie de Woestyne ;

La seigneurie de Zuythove ;

La seigneurie de Lombarbie.

EBBLINGHEM.

La seigneurie d'Eblinghem ;
La seigneurie de Marlière ;
La seigneurie de Baeleghem ;
La seigneurie de Cocquereel :
La seigneurie de Bavenhove ;
Le seigneur du petit Simpelthun ;

ZERCU.

La seigneurie de Lignières ;
La seigneurie de Simpelthun ;
La seigneurie de Brimmelaere ;
La seigneurie de Palme ;
La seigneurie d'Hams ;
La seigneurie de La Planque.

STAPÉL.

La seigneurie de Stapel ;
La seigneurie Escottiere ;
La seigneurie de Peenhof ;
Item un enclavement de la seigneurie de Kerkhof, spécifié ci-devant :

BAVINCHOVE.

La seigneurie de Bavinchove ;
La seigneurie de Smelinge ;
La seigneurie de la Woestyne ;
La seigneurie d'Haegedoorne ;
La seigneurie de Swinlande ;

BROXEELE.

Il n'y a aucunes seigneuries, mais toute la paroisse est viers-chaire et jurisdiction royales.

LEDERZEELE.

La seigneurie et comté de Nieuwerlet, avec les seigneuries de Tannay, Careque, et Bayenghem y annexées ;
La seigneurie d'Aveskerque ;
La seigneurie de la prévôté de St-Omer ;
La seigneurie de Boenegam ;
La seigneurie de Wyngaerde ;
La seigneurie de Capelin.

VOLCKERINGHOVE.

Partie de la seigneurie et de la prévôté de Watten.

ROUBROUCQ.

La seigneurie d'Hoflande ;
Partie de la seigneurie d'Ochtezeele mentionnée ci-devant;
La seigneurie de la Clitte ;
La seigneurie de Moriencourt ;
La prévôté de Watten (seigneurie), appartenant à l'évêché de St-Omer ;
La seigneurie des Cottières ;
La seigneurie de Bellincourt ;
La seigneurie de Borgh ;
La seigneurie de Nordcourt.

ZEGERSCAPPEL.

La seigneurie d'Isachel ;
La seigneurie de Peenhove ;
La seigneurie de Brabant ;
La seigneurie d'Iserinchove;
La seigneurie d'Orval ;
La seigneurie nommé la cour féodale en Zegerscappel ;
La seigneurie de la prévôté de Watten ;
La seigneurie de Craeyhof ;
La seigneurie du Vaele.

BOLLEZEELE.

La seigneurie d'Hoflande, dite prévôté de Saint-Donas ;
La seigneurie d'Erckelsbrugge ;
La seigneurie de Swinlande ;
La seigneurie nommée le grand Hollandt ;
La seigneurie nommée le petit Hollandt ;
La seigneurie d'oost-Coornhuyse ;
La seigneurie nommée Goddewaershiepe.

BUYSSCHEURE.

La paroisse et seigneurie de Buysscheure ;
La seigneurie de Tannay ;
La seigneurie d'Halle ;
La seigneurie de Steirsbeke ;
La seigneurie de Poulle.

VILLE DE WAETEN.

La seigneurie de St-Bertin pour une partie ;
La seigneurie de la prévôté de Waeten, aussi pour une partie ;
La seigneurie de Zinnegem ;
Un enclavement de la seigneurie de St-Momelin, hames et houwels.

WULVERDINGE.

La paroisse et seigneurie de Wulverdinge ;
Un enclavement de la seigneurie d'Haveskerke.

MERKEGHEM.

La seigneurie de Merkegem ;

TERDEGHEM.

La seigneurie de Terdeghem ;
La seigneurie du Nord ;
La seigneurie de West ;
La seigneurie de Montigny ;

La seigneurie de Moebecque ;
La petite seigneurie dite : Cleyne heerels ;
La seignerie de Vormezeele ;
La seigneurie de Crayencourt ;
La seigneurie de St-Jean ;
Un enclavement du marquisat de la Viefville de Steenvoorde.

FLÊTRE.

La paroisse et comté de Flêtre ;
La seigneurie de St-Jean.

STRAZEELE.

La paroisse et seigneurie de Strazeele ;
La seigneurie de Soiswal ;
La seigneurie d'Ingelandt ;
La seigneurie de Commerlandt ;
La seigneurie de L'on croit.

BORRE.

La seigneurie de Neele ;
La seigneurie de Beaupays ;
La seigneurie de Van der Noodt ;
La seigneurie Sissauw ;
Un fief viscomtier appartenant à la veuve de Mathieu-Omaere ;
La seigneurie de Tempel,
La seigneurie de Neuville ;
Une autre seigneurie appartenant à M. de Mailly-Mamez.
Finalement la cour féodale de la paroisse de Borre.

PRADELLES.

La paroisse et seigneurie de Pradelles ;
La seigneurie de West-Commerlandt ;
La seigneurie de Middel Commerlandt ;
La seigneurie de Nederhove ;
La seigneurie viscomtière, nommée :

La seigneurie de François Cleenewerck ;
La seigneurie de Jean Caulier, appelée . . .
La seigneurie de sieur Eustache Blom ;
Un enclavement des seigneuries de Thiennes et de Steen-
becque ;
Un enclavement de la vierschaere d'Haezebroucq.

VIEUBERQUIN.

La seigneurie de Bleutour ;
La seigneurie d'Oudenhove ;
La seigneurie de Mauroy ;
La seigneurie de Beaulieu ;
La seigneurie d'Ophove ;
La seigneurie de Terlinde ;
Les deux seigneuries viscomtières de Coudecure ;
La seigneurie de Sootsacker ;
La seigneurie du Berquin Plessis.

NEUFBERQUIN.

La paroissse et seigneurie de Neuf-Berquin ;
La seigneurie de Mote ;
La seigneurie de Planke ;
La seigneurie de Niculant ;
La seigneurie de Walgracht ;
La seigneurie Vanden Brussche ;
La seigneurie d'Oudergem ;
La seigneurie de Longams ;
La seigneurie de Remi-Eeke ;
La seigneurie de La Morianne.

VILLE D'ESTAIRES.

Ville et comté d'Estaires ;
La seigneurie de Buisson ,
La seigneurie de Renunke ;

La seigneurie de Longchamp ;
La seigneurie de Coude-Coote ;
La seigneurie de Morianne ;
La seigneurie de Waeterleet.

HAEVESKERKE.

La paroisse et baronnie d'Haveskerke ;
La seigneurie de Corbie ;
La seigneurie de Wuques ;
La seigneurie du Brez ;
La seigneurie de Gangerie ;
La seigneurie du Gard.

MORBEQUE.

La paroisse et marquisat de Morbeque.

THIENNES. STEENBEQUE.

La seigneurie de Thiennes Steenbeque ;
La seigneurie de Tannay ;
La seigneurie de Perqueur ;
La seigneurie de Corbie ;
La seigneurie de Brequin ;
La seigneurie de Vieumetz ;
La seigneurie de Forestaux ;
La seigneurie de Pavie ;
Un enclavement de la seigneurie de Vleteren ;
La seigneurie du Quint de Vleteren ;
La seigneurie de Merken ;
Enclavement de la seigneurie de Fontaine ;
La seigneurie d'Honegoot ;
La seigneurie de Niebles ;
La seigneurie de Groendal ;
La seigneurie de Wichters ;
La seigneurie de Palmaert ;
La seigneurie de Bauduin Baeteman ;

La seigneurie de Tannay ;
La seigneurie d'Antoine Bernard Facqueurs ;
La seigneurie de Canche Verdreque ;
La seigneurie de Stavel.

BLAERENGHEM.

La seigneurie de Blaerenghem ;
La seigneurie du Pont ;
Les seigneuries d'Outrebois et d'Haveskerke ;
La seigneurie de Fontaine ou Oudenfoort laeten ;
La seigneurie de Fouteaux.

LINDE.

Paroisse et seigneurie de Linde ;
La seigneurie de Crequi ;
La seigneurie nommée Grotebalkes ;
La seigneurie de Cleynebalkes ;
La seigneurie de Borlandt ;
La seigneurie d'Oudenfort ;
La seigneurie de Valensiennes ;
Le seigneurie de Vandenbroucke ;
La seigneurie de la Wische ;
La seigneurie de Maudens ;
La seigneurie de Niere.

BOESINGEM.

Là paroisse et seigneurie de Boesingem.

CINCQ TENANCES.

Les cinq tenances de la Motte-au-Bois de Nieppe.

VIERSCHAIRES.

La vierschaire de l'ambacht nommé les Onze-Paroisses ;
La vierschaire de Steenvoorde ;
La vierschaire d'Haezebroucq ;

La vierschaire d'Ebblinghem-Zercu ;

La vierschaire de Stapel-Bavinchove ;

La west-vierschaire ;

La nord-vierschaire ;

La vierschaire de Wydebroucq.

Toutes lesquelles vierschaires n'ont aucune juridiction criminelle, mais icelle appartient à la cour de Cassel.

XIX.

ÉCRITS OFFICIELS DE LA RÉVOLUTION, A CONSULTER.

Le premier grand registre commence au 26 janvier 1790 [1], et finit le 15 ventôse l'an II de la république, une et indivisible.

Là sont relatées les affaires revolutionnaires très curieuses à consulter; mais l'histoire doit encore se taire sur les détails , parce que cette époque est trop récente, et par respect pour certaines familles, dont des parents ont figuré fàcheusement dans les affaires d'alors.

Le deuxième registre commence le 15 ventôse de l'an II de la république et finit l'an IV, le 22 brumaire, par le procès-verbal relatant que le citoyen P.-J.-C. De Smyttere, est nommé président de l'administration municipale de ce canton.

---

1 Dans ce régistre sont écrites, à rebour, des lettres, dont l'une d'elles commence ainsi :

A l'Agent National du district d'Hazebrouck,

« Citoyen, nous t'envoyons ci-joint le compte et état des dépouilles d'é-
» glise ainsi que des souscriptions et dons patriotiques qui ont eu lieu
» dans cette commune, etc.

» Du 23 floréal troisième année de la République. »

NOTA. Ces dépouilles de l'églises étaient 5 calices, 3 patènes, un coffret servant ci-devant aux saintes huiles, 2 ciboires, une remontrance, un reliquaire, une boîte à l'huile et beaucoup d'objets en cuivre. (Voir registre 1, page 184.)

Cet inventaire fut fait par M. L. Morel, officier municipal, le 10 frimaire l'an II.

Suivent plusieurs registres moins grands allant jusqu'à l'an XI de la république française.

Le troisième registre des délibérations et des budgets commence l'an XI et finit le 7 mai 1830.

Quant aux correspondances, il en existe quatre registres depuis le 21 novembre 1795 : ils sont bien conservés.

XX.

AUTRES DOCUMENTS DE LA RÉVOLUTION.

1796, etc. — Voir aussi, pour Cassel, à cette époque révolutionnaire :

1° Le *Rideau levé*, ou les intrigues des royalistes et des fanatiques du canton de Cassel dévoilées au directoire exécutif, au ministre de la police générale et à l'administration du département du Nord, par l'administration municipale du canton de Cassel (A. Hencart, etc., vol. in-8°).

2° *Réponse au Rideau levé*, par P.-J.-C. De Smyttere, homme de loi, président de l'administration de Cassel, joints à lui les agents et adjoints municipaux du canton frappés par la loi du 19 fructidor, an V, et suspendus de leurs fonctions, etc., in-4°, de 100 pages.

3° *Le Fléau des calomniateurs*, ou la réfutation des inculpations faites par les administrateurs municipaux du canton de Cassel à la charge des citoyens Riout et Hencart, commissaires du directoire exécutif près les cantons de Bergues et de Cassel. (Brochure in-8 d'une centaine de pages.)

4° Il existe encore un autre imprimé du même genre, devenu aussi très rare, et dont nous ne connnaissons pas le titre.

XXI.

1805. — DÉLIBÉRATION DU CONSEIL MUNICIPAL DE CASSEL.

Le Conseil municipal de la commune de Cassel extraordinairement assemblé en vertu de l'autorisation du Sous-Préfet du 2ᵉ arrondissement du département du Nord, à effet de délibérer sur la proposition qui lui a été faite par le Préfet du département, de voter la construction d'un vaisseau départemental.

Arrête :

ARTICLE PREMIER.

Les habitants de la commune de Cassel déclarent vouloir contribuer, en raison de leurs facultés, et par une augmentation de centimes additionnels sur toutes les contributions de l'an XII, aux frais de construction, d'armement et d'équipement d'un vaisseau departemental ; et pour donner au premier Consul une preuve de leur dévouement à la chose publique et d'attachement à sa personne, ils le laissent le maître de décider le rang et la force du bâtiment qui, conformément à la proposition du préfet, portera le nom de *Département du Nord*.

ARTICLE DEUXIÈME.

. . . .

Fait en séance le trois messidor de l'an onze de la République.

NAPOLÉON BONAPARTE était alors attendu à Cassel. Il y arriva quatorze jours après cette délibération, c'est-à-dire le 4 juillet 1804. Le premier Consul s'empressa, malgré un temps de pluie, d'aller contempler la belle vue de Cassel sur la terrasse de son vieux *castellum*, appelé aussi le *Fort des Césars*.

Nous avons joint, ici, quelques notes et pièces rares, que de sérieuses recherches nous ont fait trouver, avec beaucoup d'autres, mais qui n'ont pas un rapport direct avec la question héraldique, destinée à être traitée particulièrement dans ce travail. Le motif qui nous a guidé est surtout la crainte de voir s'égarer ou se perdre ces matériaux fort intéressants pour Cassel, dans le cas où de nouvelles publications nous deviendraient impossibles.

Nous aimons à espérer que nos chers collaborateurs et compatriotes, ainsi que les vrais amateurs de l'histoire du pays, nous sauront gré de ces attentions.

D.

MER DU NORD

DUNKERQUE

Moires

Nieuport

Furnes

Ostende

Dixmude

Bruges

Loo

BELGIQUE

FLANDRE OCCIDENTALE

BERGUES

Hondtschoote

Chatᵉ de Furnes

Chatᵉⁿⁱᵉ de Bergues

Bourbourg

Chatel ⁿⁱᵉ de Bourbourg

Roushrugge

Chatel ⁿⁱᵉ d'Ypres

Calais

Gravelines

Audruick

Eckelsbecke

Wormhoudt

Herzeque

YPRES

Watten

Poperingues

MORINIE

DÉPᵗ DU PAS

CASSEL

Steenwoorde

A

Stᵗ OMER

Bois de Clairmarais

HAZEBROUCK

N

O

R

D

S.O.

Bailleul

Chatᵉˡⁿⁱᵉ de Bailleul

E

ARMENTIERES

COMTÉ ou PROVINCE D'ARTOIS

TÉROUANE

AIRE

B

ABBAYE DE

Merville

Estaires

la Gorgée

Lavannhe

Stᵗ VENANT

Denay

CALAIS

Chatᵉˡⁿⁱᵉ de Lille

Chᵉᵖᵉ Béthune

Lens

Labassée

DÉ

Lillers

Arras

Mètres.

Lieues de 25 au Degré.

—— Chatellenie de Cassel.
······ Arrondᵗ d'Hazebrouck.
—— Chemin de Fer.

OUVRAGES PUBLIÉS PAR M. DE SMYTTERE.

TOPOGRAPHIE HISTORIQUE, PHYSIQUE, STATISTIQUE ET MÉDICALE
de la ville et des environs de Cassel (Nord). 1828 et 1833.

PHYTOLOGIE PHARMACEUTIQUE ET MÉDICALE, avec les figures carac-
téristiques des familles végétales. 1829. 1 vol. grand in-8°.

TABLES SYNOPTIQUES DE L'HISTOIRE NATURELLE MÉDICALE DES
ANIMAUX ET DES PLANTES, avec près de 600 figures gravées,
1829. 7 feuilles grand aigle.

BOTANIQUE ET PHARMACOLOGIE ÉLÉMENTAIRES. Ouvrage demandé
et adopté pour l'enseignement à l'école d'accouchement
de Paris, par le Conseil général de la Seine et l'administration supérieure des Hôpitaux. 1837.

NOTICE STATISTIQUE HISTORIQUE ET MÉDICALE sur l'Asile public
d'Aliénées de Lille. — Rédigée sur la demande de M. le
Prefet et du Conseil général du département du Nord. 1847.

DISCOURS D'OUVERTURE DU COURS PUBLIC D'HISTOIRE NATURELLE,
fondé et professé à Auxerre en 1858, par l'auteur, ancien
professeur de l'école de médecine d'Amiens.

DISCOURS HISTORIQUE SUR CASSEL, lû au Congrès archéologique
de France, session de Dunkerque 1860. imprimé à Caen,
dans *les Annales du Congrès*.

Lille. Lefebvre-Ducrocq.

www.ingramcontent.com/pod-product-compliance
Lightning Source LLC
Chambersburg PA
CBHW051548280626
47162CB00021B/1638

* 9 7 8 2 0 1 3 0 1 5 3 6 3 *